KB164540

휴일에 하는 용서

창비시선 487

휴일에 하는 용서

초판 1쇄 발행 / 2023년 3월 20일
초판 2쇄 발행 / 2023년 5월 17일

지은이 / 여세실
펴낸이 / 강일우
책임편집 / 이해인 박문수
조판 / 황숙화
펴낸곳 / (주)창비
등록 / 1986년 8월 5일 제85호
주소 / 10881 경기도 파주시 회동길 184
전화 / 031-955-3333
팩시밀리 / 영업 031-955-3399 편집 031-955-3400
홈페이지 / www.changbi.com
전자우편 / lit@changbi.com

ⓒ 여세실 2023
ISBN 978-89-364-2487-9 03810

* 이 책은 서울특별시, 서울문화재단
  '2023년 첫 책 발간지원사업'의 지원을 받아 발간되었습니다.

휴일에 하는 용서

여세실 시집

창비

차
례

제 1 부

제자리의 제자리를 흔들어보면서

온통

아름답다는 말이 탄생하는 순간을 목격한 사람을 찾고 있었다 사람들은 저마다의 정황을 늘어놓기 시작했다 한 사람의 눈송이와 한 사람의 구덩이와 한 사람의 세면대 그것들을 중복해서 나열하며 발음해보았다 곧 눈송이와 구덩이와 세면대는 눈송이와구덩이와세면대 눈송이 구덩이 세면대 눈 송 이 구 덩 이 세 면 대와 같이 그 의미를 알 수 없게 되어갔다 그것은 아이가 치고 있는 실로폰에 붙은 글자 스티커일 뿐이었다 아이는 눈 송 이 구 덩 이 세 면 대를 뚱땅거린다 곧 그것은 구면 세송이 눈덩이 대면으로 변한다 이것을 알아차린 사람은 더이상 이 말을 알아들으려고 하지 않는다 아이는 자신이 실로폰을 칠 때마다 무언가가 변한다는 사실만을 익힌다

이제와 미래

분갈이를 할 때는
사랑할 때와 마찬가지로 힘을 빼야 한다

끝나지 않을 것 같은 장마였다 올리브나무가 죽어가고 있
었다 나는 무엇을 잡아두는 것에는 재능이 없고 외우던 단
어를 자꾸만 잊어버렸다

잎이 붉게 타들어간 올리브나무는 방을 정화하는 중이라
고 했다 흙에 손가락을 넣어보면 여전히 축축한, 죽어가면
서도 사람을 살리고 있는 나무를 나는 이제라고 불러본다
흙을 털어낸다 뿌리가 썩지 않았다면 다시 자랄 수 있을 거
라고

이제야, 햇볕이 든다
생생해지며 미래가 되어가는

우리는 타고나길 농담과 습기를 싫어하고 그 사실을 잊어
보려 하지만
이미 건넜다 온 적 있지 뿌리를 넘어 줄기를 휘감아 아주

날아본 적

　양지를 찾아다녔다
　산에서 자라는 나무의 모종 하나를 화분에 옮겨 심으면
야산의 어둠이 방 안에 넝쿨째 자라기도 한다는 걸

　진녹색 잎의 뒷면이 바스러졌다
　시든 가지에도 물을 주면 잎새가 돋았다

후숙

흑백영화 속
주인공은 왜 자꾸 도시를 헤매는 걸까 이제는 사라지고
없는

볏짚이 탄다 잉걸불이 인다 불씨는 자기를 새라고 불러주
는 사람을 만나면 새라고 믿고 날아가 연기를 꿰어 노래를
만들었다

찻집이 모여 있는 골목을 지나면 공방이 나왔다 손으로
뜬 수세미와 골무를 보았다 옷걸이 모양대로 빨래가 말라
있었다 부들부들했다 멀미가 났다 흙으로 빚어서 만든 찻잔
과 식기 들
주인이 웃으며 바라보았다 다음 주에 전시회가 있으니 꼭
오라고

풀려버리고 난 후에도 스웨터의 모양을 기억하는 털실
처럼
나는 다시 오지 않을 이 도시에서 약속을 하고
오후라고 말했다 비라고 말했다

수요일이었다

돌아오는 기차 안에서
사람들은 창 너머를 뚫어져라 보고 있었다 어둠과 더 짙
은 어둠이 빠르게 지나갔다 붓 끝을 털거나 손끝으로 밀어
서 그린 듯 흘러내렸다
숲은
우는 사람의 옆모습을 닮아 있었다

눈이 쌓이고 난 후의 흰빛이 음악이 된다고 믿었다 눈은
내리고 오래지 않아 더러워 보였다 나는 거기까지를 눈이라
고 불렀다

서식

이 심해를 거꾸로 뒤집어 흔드는 손이 있을 것 같아

바위 같은 몸
눈과 귀가 사라진 몸
그것이 진화인지 퇴화인지 알 수 없을 때에도

뜯겨 나간 비늘이 물속에서 부유한다

형광빛 꼬리
비늘이 모랫바닥을 쓸며 지나가고 있다

통째로 쥐고 흔들다가 다시 엎어놓으면
바닥에 가라앉았던 것들 모두
휘몰아쳤다가

점점 조여오는
내면에도 발등이 있어
사랑에도 편차가 있어

물결을 박차고 앞으로 나아가는
잘 길러진 슬픔도 있어

꿈속에서 우린 숨 쉬는 걸 잊은 채
아주 오랫동안 물속을 헤엄칠 수 있었는데

떨어져 나간 비늘들을 먹으며
연명하는
작은 아가미들과
잡식을 하는 심해어들은 순면의 솜처럼
떠오르고 있다

몸통에 달라붙은 온갖 미물들은
부력을 느끼며 앞으로 나아가
난동을 부리며 물결을 일으켰다

내가 무슨 말을 하는지 알아듣지 못해도
너는 고개를 끄덕이고 있었다

제자리의 제자리를 흔들어보면서

패각

    부둣가 식당 한구석에 패각이 쌓여 있다 너는 패각 하나를 줍는다 패각 안쪽에 무지개 띠가 넓게 퍼져 있다 습한 바람이 불어온다 패각의 겉면은 단단하다 패각을 가진 것들의 속살은 말랑말랑하고 미끄럽다 어둠이 거느린 패각에는 수평선이 새겨져 있다 짠내가 끼쳐온다 글피에는 태풍이 온다고 했다 고삐가 풀린 거지, 바다가 사람을 부르는 거지, 무사태평 속에서 고르고 고른 이야기는 울퉁불퉁하다 파도 소리가 일정하게 반복된다 바다가 깎아놓은 뼈대는 무르고 성기다 너는 내게 마지막으로 운 것이 언제냐고 묻는다 가로수 그늘과 나뭇잎이 충돌하는 것을 보았을 때, 나는 속으로 열을 세고 너는 마지못해 내 등을 두드린다 식당에서 나오던 사람들은 얼마 전 앞바다에서 고래떼를 보았다는 이야기를 주고받으며 우리를 지나쳐 간다 슬기로운 사람은 고래떼가 쏘아올린 음파를 해석하려 하지 않아, 지붕 낮은 민박들 사이로 고양이들이 지나간다 무늬가 같은 무리였다 그중 한마리는 웅덩이에 고인 물을 핥다가 이쪽을 한번 쳐다보고 돌담을 넘어 사라진다 이렇게 바다가 잔잔한데 비가 온대, 콘크리트 블록들 사이에 구겨진 전단지가 버려져 있다 수면 위에서 물결이 밀려올 때마다 앞뒤로 흔들린다 너그러운 사람은 주인공의 잠꼬대를 받아 적던 인물의 미래를 헤아리지, 그가 사실은 악당의 하수인이라고 할지라도 그의 안위를 걱정하지, 빈 화분과 초록색 그물망 사이로 벌레 한마리가 기어간다 너는 갈고리에 꿰여 올라온 새끼 돔을 본 적이 있느냐고 묻는다 그 새끼 돔은 풀어주어도 잘 살지 못한다고, 숙제를 하지 못해 학교에 가지 않았던 어린 시절의 이야기를 한다 저 별이 거짓이라도 좋다 이 섬은 상공에서 보면 사람의 귀를 닮아 있대, 섬 가장자리에서 안쪽으로 파고들며 길이 나 있대, 구름이 서서히 흩어진다 누구에게나 자기 자신을 구하지 못한 시기가 있을 테니까, 패각 속에서, 밑창을 드러낸 운동화 속에서 웅크리고 있는 사람, 혓바닥에 설태가 낀다 옷깃을 여민다 가로등이 켜진다 미워하는 마음에도 리듬이 있어, 너는 옷깃으로 패각을 닦는다 이 믿음이 가짜여도 좋다

가속

　너는 배를 깔고 누워 곤충도감을 읽고 또 읽었지 초콜릿
의 은박 껍질들이 네 머리맡에 나뒹굴고 형광등 속으로 날
아 들어간 초파리들이 날개 부딪쳐 타닥거리는 소리 들렸지
깜박이는 방 안에서 너는 쓰름매미 사진을 오렸지 너의 아
버지가 돌쩌귀를 부수고 들어와 고함칠 때 너는 쓰름매미의
푸른 눈 속으로 손을 뻗었지 몸통을 감싼 날개에는 여름을
가로지르는 지도가 그려져 있어 너, 쓰름매미의 날개 위에
서 헤맸지 골목 어귀에 주저앉아 아버지 흐느껴 울 때 너는
날파리 한마리가 공중의 힘줄을 팽팽히 잡아당기는 것을 보
았지 동생이 늑장 부리며 라디오에서 나오는 말들을 공책에
받아쓰다 옆집 개가 새끼를 낳았다는 소식에 창밖을 기웃거
리고, 어린 동생의 새까만 발바닥, 너는 그 기슭 같은 발바닥
에 천사가 붙어산다는 걸 알았지 그 발바닥에 붙어 있는 밥
풀 속에 천사가 우글우글 알을 까고 산다는 걸, 지구본을 돌
리면 천사가 그 위로 전력질주하고 있다는 걸, 무고한 빗소
리 속으로 아이들이 짱돌을 던지고 범람한 저수지 곡괭이로
구름을 찍어 내리듯 빗속으로, 빗속으로 정면돌파…… 너는
도화지에 쓰름매미의 울음소리를 그렸지 이 횡재 속에서 너
는 네가 너인 것이 기뻐 동생을 번쩍 들어 안았지 소염제를

주워 먹은 개들, 빗줄기는 여름을 소급하고 있었지 숲은 우거지다 담장은 젖어 있다 앞장서서 걸어가라, 외침 속에서 버둥거리며 너, 멀리 더 멀리 너를 던졌지 너, 방과 함께 컸지 무모함 속에서도 자라고 비겁함 속에서도 자랐지 나무는 무성하고 어디에나 절벽이 있었지 달아남과 마주침 속에서 너는 거듭되고 있었지 몇번이고 박살 났지 그 박살 남 위에서 너, 조용히 미소 지었지

당도

장마전선이 북상하고 있다 햇볕이 내리쬔다 베란다에 차
렵이불이 널려 있다 베란다 턱에 몸을 반쯤 걸치고 엎드린
다 등이 점점 뜨거워진다 앞집 개가 나를 응시한다 개와 나
사이에 물소리가 표표히 떠돈다 노인은 앞마당에서 구령에
맞춰 체조를 한다 구름이 아주 느리게 흘러간다 소각하고
남은 넝마처럼 무결한 구름, 개가 앞발을 핥는다 응급차 지
나가는 소리가 가까워졌다가 멀어진다 아이들이 무리 지어
골목을 빠져나간다 그중 한 아이의 품에는 죽은 새가 안겨
있다 아이들은 공터로 몰려가 흙을 판다 죽은 새의 눈을 감
겨준다 새의 붉은 발 위에 개미가 기어간다 으스러지는 것
은 새가 아니다…… 으스러지는 것은 죽은 새를 앞질러 간
푸른빛, 푸른빛을 재촉하는 나부낌, 나부끼는 바람의 심지
는 꼿꼿하다 이불에 묻어 있는 핏자국은 점차 선명해진다
나를 대체할 사람은 어디에나 있으나 나를 버릴 수 있는 사
람은 나뿐이므로, 의로운 사람의 평화 깨뜨릴 수 있는 사람
언제든 나타날 수 있으나 그 평화 거머쥘 사람 오로지 그뿐
이므로, 흰 날개를 가진 천사도 어떤 거룩한 신도 내 심장을
빼갤 수 없으니, 어린아이들이 허공에 신발주머니를 뱅글뱅
글 돌리며 간다 나는 손아귀에 남아 있는 시간을 흘려보내

22

는 일에 여념이 없다 세대를 건너 돌아섬…… 개미의 목숨
개미가 정렬하고 지구의 목숨 지구가 부지하니, 체조를 끝
낸 노인은 마당 한편에 있던 의자에 앉아 골목을 응시한다
노인은 휴대폰에 대고 크고 또박또박한 음성으로 노래 제목
을 말한다 곧이어 노래가 흘러나오고 노인은 무어라고 중얼
거리며 노래에 맞춰 발을 구른다 이불이 날린다 다다른다
다다르며, 나는 비로소 없다

출항

담배 한갑과 생수 한병을 사고
섬으로 가는 배편을 찾는 사람
그 사람을 따라 나는 길을 잃는다

너에게 용서해야 할 사람들이 있듯이
싸워 이겨야 할 사랑이
나에게도 남아 있어서

끝내 화해할 수 없어서

배낭을 지고 부둣가에 앉아 담배를 피운다
펜스를 넘어가 바다를 본다
정박해 있는 것은, 밧줄에 묶여 출렁이는 것은

빗물도 아니고
햇빛도 아니고
네 얼굴은 더더욱 아니다

생수 한모금을 남기고

플라스틱 생수병에 담뱃재를 턴다

사람들이 버리고 간 스티로폼 조각들을 발로 부수고
어제 먹다 남은 땅콩빵을 마저 먹고
조악한 벽화들을 지나 작은 마을을 한눈에 내려다본다

내가 나를 때리고
그리하여 아주 잠깐 용서하고

햇볕을 쬐며
죽은 가수의 노래를 따라 부르고

부둣가에 앉아 캐러멜을 먹는다

너에게 전화를 건다
아무도 나에게 시비를 걸지 않는다고
붙들고 끌고 갈
슬픔을 꿔달라고 매달린다

계단을 올라갔다가 내려온다

발품을 팔아라
무너지고 싶다면
드러누워 있지 말고
일어나서
고함을 쳐라

이만큼이나 더
죽어볼 수 있다고

천이 찢어지고
살만 남은 우산 같은

정과
너만이

그 자리에 남아
우는 것을 본다

춤을 추는 것을 본다

물색

나는 오후 네시와 깨진 유리컵 사이에 걸쳐 있다

혼자 울고 혼자 그치는
커튼은 타오른다

이끼가 파랗게 눕고
비 냄새가 난다

햇볕은 나를 가로막고, 끌어안으며 밀어낸다
바깥을 거둬들인다
더 깊어지는 안쪽을 들여다본다

나라고 믿고 싶은 것과
그 속삭임을 깨부수고 싶을 때
컵에 맺혀 있던 물방울이 흘러내린다

노래를 부르면서
나를 젖게 하는 말은 이미 내 속에 있다고

이제는 헤아리지 않으려고 해
밖은 풀어진다 안은 입술을 달싹인다
주름을 늘인다

커튼은 가슴을 쳐, 가슴이 어디 있는지 알지 못한 채
가슴을 쳐

들이켜고도 남아 있는 혼잣말을 바라보면서
아무도 쳐다봐주지 않는 풍경과
누구의 얘기도 될 수 있는 중얼거림이
부딪치고 껴안고

음악을 끄집어낸다, 더 작은 흥얼거림

커튼은 흩날림을 숨기고 싶어도
숨길 수 없고
떠다니는 먼지를 본다

너도 내가 싫으니

맨손체조를 하듯이
무릎을 바짝 펼 때 무릎이 거기 있다는 것
거짓말이, 복숭아뼈가, 팔꿈치가
무사하다는 것

커튼은 어디에 매달려도 커튼
매달리지 않아도
바람이 위로해도 커튼, 찢어진 커튼

누군가는 눈동자 모양의 유리창을 상상하고
깨부수고
그 위로 걸어가고

걷잡을 수 없이 불어간다

커튼은 늘 날리는 자세, 털어버리는 모양
안팎을 내맡긴다

덤

낮에는 날이 좋았는데
오후가 되니 구름이 끼었습니다

궂은 날
나는 담배에 불을 붙이고
무더운 날
나는 재가 됩니다

빈 깡통 속에
남겨진 것은
아침에 내가 버린 담배꽁초 두개와
오후에 내가 버린 담배꽁초 세개입니다

꽃병에 꽂아놓은
거베라가 시들었습니다

대가 꺾이고
잎의 가장자리부터 말려듭니다

바람 부는 날에
꽃이 지는 모양으로
사랑이 오기를
바랐습니다

꽃 보고
햇볕이나 바람을 느끼는 사람과는
친해질 수가 없었습니다

손을 씻습니다
거품이 먹음직스러웠습니다

손을 털고
손을 털고

성한 데 없이
미웠습니다

내가 할 수 있는 미움은

떡이 같았습니다

내 사랑
내가 말려보려고
망치를 들었다가

눈 깜짝할 사이
누가 가로채 갔습니다

생활

이야기 속에서
중얼거리는 입속에서
달싹거리는 혀끝에서

네가 퉤 뱉어놓은 양칫물의 둥근 테두리 속에서
부글거리는 거품 속에서

은연중에 흥얼거리고 있는 노래 끝에서
노래를 따라 은밀하게 흐느적거리고 있는 팔다리 위에서

창문을 연다
창문을 열고 바람을 맞으며
옆집에서 들려오는 세탁기 돌아가는 소리를 듣는다

너는 네가 할 수 있는 일들 속에서
커다랗게 커다랗게
얼룩이 되어 번지다가
점차 자리를 잡고 무늬가 되어간다

얼굴 한 컵을 들이켜고 우리는 마주 보고 앉아
노래를 지어 부를 수 있고

저기 먼 나라의 카니발을 떠올리며 수건을 휘감고
춤을 추며 떠나볼 수 있어

눈을 감자

오늘은 조금 더 멀리 헤어져볼까
헤어졌다가 더 깊숙이 끌어안아볼까
이 헐렁한 재회를 빵 봉지로 고정해두고

아무 일도 없다는 듯
무럭무럭 자라나는 저 식물이 두렵기도 하다

물을 주지 않아도
혼자서 아점으로 햇볕을 조금 뜯어 먹는 이름 모를 식물을

너는 선물로 받아 온 것인데

팔락팔락 춤을 추는
마른 수건 곁에서

한쪽으로 기운 식탁 다리 밑에
휴지를 한겹 두겹 세겹 접어서
괴어놓고

조금 기우뚱한 너의 입꼬리 한쪽을
나는 손가락으로 올려본다

별 탈 없이
지나가는 구름이 있고

좁은 방 안에
침대를 옮겨볼까?

햇볕을 받아보려고 이리저리 몸을 뒤척여보며
무진 애를 쓰는

식물과
너와
내가

다음의 일

다음이라는 것이 있을까?

그릇에 달라붙은 밥풀 찌꺼기를 문질러 뗀다
설거지를 마치고
고무장갑을 뒤집어 물을 빼낸다
손톱깎이가 어디 있는지 서랍을 뒤진다

화장실 불을 끄는 것을 잊고
외출할 때
다시 돌아가 스위치를 내릴 때
상황에 맞는 농담을 고심해서 생각할 때

잘못 박힌 못을 빼낼 수가 없고
식물에 둘러싸여 잠드는 꿈을 꾼다

천사도 알고 있을까?
자신의 날개가 비대칭이라는 것을

너와 한 약속들을 하나씩 어기며

이후의 일을 밀고 나갈 것이라고 다짐하며

일요일을 맞는다
기름을 끓인다
밀가루 반죽을 조금 떼어서 기름 위에 떨어뜨려본다

말하지 않는 것들을 보살피며
무성한 기쁨을 키워낼 것

음식에 어울리는 접시를 고른다
포크로 파스타를 말아서
접시에 조심스럽게 옮겨놓는다
방울토마토를 반으로 잘라서
파스타 위에 얹는다

신문지를 펼쳐놓고 깨진 화분을 하나하나 옮긴다
의자에 앉아 선물 받은 베고니아가 시들어 있는 것을 본다
잎 가장자리가 누렇게 말려 들어가 있는 것을 본다

방충망을 떼어내어
샤워기 호스를 붙잡고
벌레의 사체를 배수구로 흘려보낸다

다음, 그다음에도

면역

초를 켠다
벽에 그림자가 일렁거린다
손으로 사람의 얼굴을 만들어본다

이름을 바꾸려고
명리학 책을 뒤져보다가 알게 되었다
쓸 만한 이름들은 모두
연락처에 있는 이름이었다

벽에 비치는 나무와 새 들,
펄럭이는 그림자가
벌을 서고 있는 것처럼 보였다

있는 그대로의 밥알 씹는 소리를
창문을
천장을
빨래를
안아보려고 했다

이빨로 팔을 깨물면 잇자국이 나고
실온의 두부는 냄새를 끌어안는다
타일이 분홍색 곰팡이를 새기려고 한다

조금씩
전염되어가고 있었다

악재에도 패턴이 있더라
지나고 보면 꼭 들어맞더라

밥그릇은 밥을 다르게 담아보려고 기를 쓰다가
이가 나가고
선물을 하고도 자꾸 미안하다고 말하게 된다

한 솥 가득 밥을 지어놓고 얼린다
밥이 내게 짖어보라고 한다

작당

적당한 펭귄을 찾아다녔다
가장 펭귄에 가까운 펭귄을

카메라를 들고 있으면 펭귄들이 몰려와 기웃거렸다

너의 한뼘과 나의 한뼘이 다르다는 것
그것을 이해해보려고 할 때도
너는 꼬리에 노란 깃을 단 펭귄이 좋겠다고 했고
나는 빙판 끝에서 주저하는 펭귄을 찍자고 했다

앞서는 너의 보폭을 따라잡으려고 했다 미끄러웠다

바닥이 조금씩 갈라지고 있었다
웅크려서 신발에 묻은 펭귄 똥을 눈에 문질렀다
우리는 언제부터 서로를 닮고 있게 된 걸까

빌려주지도 않은 접시를, 첫눈을 찾으러
내가 갔잖아

알을 깨고
네, 제가 바로 그 펭귄입니다
짐짓 설명하려는 펭귄

보온병에 국물을 따랐다
네가 밥을 먹을 줄 안다는 것이
내 입에 단 것이 네 입에도 달다는 것이 신기해

읽어보려고 애를 썼다

튀어오르는 솟아나는
펭귄들은 모두
알 대신 돌을 품고 있었다
말할 것들과 믿어온 것들 모두
의심하면서

그저 건너볼밖에
나는 내가 했던 말들을 무르고

너와 나는 눈을 감고 서로의 얼굴을 만져본다
볼록한 부분과 그렇지 않은 부분
너는 눈물을 흘렸다

아무리 더듬어도 되어볼 수 없는
검고 미끄러운 것이었다

적당한 펭귄과 끝 간 데 없는 펭귄

오,
하고 입을 동그랗게 오므려보았다

제 2 부

미래는 쫀득해 미래는 고소해

바통 터치

방이 웅크린다고 내가 작아지는 것은 아니야
점점 뜨거워지는 지구의 얼굴을 적실 수 있도록
너를 한방울만 빌려줄래?

하얗게 저며진 것과
까맣게 그을린 것은 얼마나 닮았나요
우글거리며

밤을 한입에 베어 물면 입속에서 터지지
이 맛이야
두근거리지

내 옷장에는 일관성이 없어
서로 어울리지 않는 색들이 뭉쳐 있을 때
옷걸이에 걸려 있는 소매들은 팔락팔락

내가 입고 싶은 나는
번쩍이는 조명
빛에 따라 변하는 크레용이야

뒤집어버릴래 볶아버릴래

공룡만큼 작아지세요
이 우주에서 공룡만큼 슬퍼하세요

재미있는 것들을 찾아서
나는 밤을 선물하고
그 위로 점프를 하지

스프링이 튀어나가 아주 멀리까지
날아가보도록
이 포즈가 슬픔으로 나아갈 수밖에 없대도

나는 고장 난 턴테이블 위에서
썩어가는 노래의 꿀을 빨아 먹을 거야

아주 멀리까지 날아가 번질 수 있도록
활짝 피어서
거리의 보도블록들을 마구 흩뜨려놓도록

죽고 나서도 프라이팬 위에
반죽된 얼굴을 올려놓고 휙 뒤집는다
거리를 활보한다

내가 끌고 왔다고 믿었던 이 행진을
네가 뒤에서 밀고 있다는 것을 알았을 때

계속 죽어줄래?
다시 사랑할게

묘미

미워하는 사람이 미움받는 사람보다 부지런하잖니

물방울 떨어지는 소리가
복도를 통과하고 있다

진짜
봤어?
방금
어디?

영원하다는 말을 믿을 수 있을 것 같아
복도를 가리켰을 때
친구들은
복도 끝에 뭐가 있는지 한참을 들여다보다가
서로의 어깨를 털어주며
뛰어나갔다

아무도 없는 교실에 들어가
사물함 위에 줄지어 놓인 찰흙 조각들을 오래 들여다보

왔다

자기 미래의 모습을 빚어보세요
비행기가 사라질 때까지 지켜보았다

내가 가리킨 건
햇볕이 투과되고 있는 복도였는데

햇볕은 찰흙을
굳히고 있다

내가 알고 싶은 미래
내가 알 수 없는 미래

먹을 수 있는 것과 먹고 싶은 것

우리가 빚어놓은 건
아무리 봐도
잡채말이 김밥

오징어순대?

나를 빚은 사람도 궁금할까
뭉개진 찰흙은 자신을 뭐라고 부르는지

이목구비를 달아주면
금세 입을 뗄 것만 같아서

점점 말라가는 찰흙과

걸어오고 있는

미래는 쫀득해
미래는 고소해

두동강 났다

하루에 한가지씩 선행을 하기로 마음먹는다
어제는 일기를 쓰다가 나를 안았다

사근진

해변은 공사 중이었다

이제
빛파도우리모래여름이라는 말은 하지 말자
빛파도우리모래여름이라는 말은
쓸려갔다

간이 화장실을 찾고 있었다
모래사장에 반쯤 처박힌 포클레인
그 뒤에서 가족들이 사진을 찍었다

너 지금 깔고 앉은 거
그거
미역이야?

파도가 파도를 지우려고 했다
푸른, 푸른, 푸른 것은
붉어지려고
붉은 것을 그만두고 환해지려고

거두어 가려고
쏟아내는 소리만 남겨두려고

밀어냈다
파묻혀 있는 페트병을 꺼내 쏟아냈다
죽은 게와
멀리 던져지지 못한 약속들이
쏟아져 나왔다 다 쓴 폭죽으로
찔러보았다 비린내와 소금물이 흘러나왔다

맨발그림자초침귓속말이
넘어가고 있었다
커브를 돌아
택시 한대가 멈춰 섰다 발가락이 따가웠다
삼킬 때마다 짠맛이 났다
명물이라고 했다

별미

너 팬티 먹었어
체육 시간 뜀틀 정리하는데
친구가 뛰어와서 귀에 대고 속삭였다

내가 엉덩이에 낀 바지 빼내는 동안
친구가 물끄러미 나를 봤다

도깨비가 좋아하는 모두부
쉰 주먹밥과 피아노

네 마음
흔들다리
얼음 종아리
살며시
포개진

아사면
레이온 혼방

입 대고 마셔도 돼?
비행운 날아간다 누가 하늘의 안감을 꿰매고 있나보다
천천히 물을 삼켰다

전동 킥보드를 타고 내 뒤를 지나가는 사람
기척도 없이 다가와 넘어질 뻔했다

올여름 유행하는 레이어드컷
모과나무 평상 아래서
번갈아 찍어준 얼굴
물들었다

실은
나 똥꼬에 털 났어
친구한테 말하고
어디 가서 소문 내지 말라고 했다

올케언니가 나더러 자꾸 흙 먹고 다니지 말라고 그랬다
올케언니 자비 없다

영혼에도 털이 날까
올케언니는 왜 우리 오빠 같은 인간 만났을까

너 언제 처음 했어?
언제 없어졌는지 알 수 없는 아이스크림
복숭아 맛 얼음 조각
엔초

친구가 전생을 기억한다고 했다
한번 죽어본 적 있다고 했다

아무도 모르게 방귀 뀌고
태연하게 지나가는 법
아는 것 같았다

맨날 일요일이면
맨날 성당 가겠지
성당 가서 유기농 쿠키 먹겠지

우리 떡잎 이마 오진다
뺨따귀 포동포동하다

언제 제일 떨렸어?
가르마를 바꾸고 나타났을 때
오이 비누 냄새 났을 때

치즈크러스트
늘어나지 않는 치마 고무줄

네 안경을 쓰고 본 거울 속엔
운동장에 조팝나무 흰 꽃떨기

자꾸 안고 싶지

손잡을래?
버스는 같이 기다려줄게

조팝나무는 내가 그렇게 좋을까?

갓파의 물그릇에 물이 마르면*

갓파의 반짇고리에는
빗소리를 재단하는 시침핀이 있다지

작년보다 더 큰 태풍을 박음질하려면
풍경을 더 촘촘하게 꿰맬 비바람이 필요하댔지

시를 지어주면 소슬비를 내려줄게
시를 지어주면 햇빛을 뿌려줄게

비를 그으며
약속을 하는 갓파에게

네 등에 송충이 붙었다!
약을 올리며 달아나다가

기슭에 숨었다
쪼그려 앉아 나뭇등걸 긁었다

네가 푸른색 혀를 내밀어 보일 때

붉은 부리를 내 손등에 올려 보일 때

딸꾹질이 터진다
반딧불이를 삼키고
온몸이 환해진 갓파가
나를 꽉 껴안는다

미끄덩미끄덩
엉덩이춤을 춘다

팔다리
팔다리를 흔든다

갓파가 머리 위에 있는 물그릇을 떨어뜨렸을 때
천둥이 번쩍
이마가 둥글게 부풀어 올라

지구만 한 사랑도 식후경
씨앗뿐인 사랑도 식후경

식도락을 떠나자

뜸부기 우뭇가사리
우리 다 같이 친구 먹고

콘크리트 속 부식된 여름
발자국들이 시멘트 위에서 굳어가는 걸 보며

타워크레인을 타고 올라가 시위를 할 수도 있겠지
단식투쟁을 할 수도 있겠지

천둥 번개
팔 다리 무릎 어깨
우르르 쾅쾅

물러나시게
씨름 한판 하시겠나
웅덩이를 골라 디디며 춤을 추겠나

네가 물수제비를 뜨던
작고 납작한 평화
가볍고 날쌘 신비 모두

꽁무니를 빼며 도망치는
네 사랑
소나기에 반짝이는 지퍼를 본 적이 있다면

이 여름
머리 어깨 무릎 발
활짝

* 애니메이션 「갓파 쿠와 여름방학을」을 보고 쓴 시이다.

채집

등나무 밑에서 한 여자아이가
문제집을 풀고 있었다

아이와 나는
종합장과 핑킹가위를 사가지고 나오는 길에

종이로 벨 수 있는 것들과
구불구불 자르고 싶은 것들의 목록을 만들어
노래를 지어 불렀다

아이의 얼굴에 땀이 흘러
머리카락이 이마와 목덜미에 달라붙었다

모두가 알아요
내가 얼마나 이해심이 많은지
너그러운지

알고 그런 것인지 모르고 그런 것인지
그런 것을 궁금해하지 않고도

우리는 함께
식물도감을 펼쳐보았다

먹을 수 있는 것과 없는 것으로
식물을 구분하는 사람들

나무의 가지는 팔뚝만 했다
구석까지 그늘이 미쳤다

너는 늘 진지해서 귀여워
가끔 너무 예민해서 탈이야

그렇게 말한 애의 목덜미에 꿀을 발라놓고
벌집을 건드려본 적 있는데요

선생님을 부르러 가는 반장의
손을 잡고
줄넘기를 하러 가자고 했고요

그러고 나서
그애를 위로하고
연고를 발라줬어요

그것 모두 여름이었을걸요?

햇볕이 그늘을
쪼개고 있었다

우리 산책하자
너 그 말 진짜 믿었어?
정말 기다렸어?

그 땡볕에

너의 코에 본드를 짜 넣은 적 있었다
노랗게 흘러내렸다

아, 가지런하구나
한꺼번에 모아놓으니 보기 좋구나
따사로웠다

여름이 좋은 게 아니라

너는 수박을 끌어안고 벤치에 앉아 있었다

땡볕의 나무는
눈 결정 모양대로 그림자를 오려 붙이고 서 있었다
벤치 한가운데 수박을 올려놓았다
너는 빵칼을 가지고
수박을 이리저리 굴렸다

운동장은 공중에 기포처럼 맺혀 있었다
태엽을 감듯
쉬운 문제에서만 틀리는 우리는

수박 물을 뚝뚝 흘리며
그늘을 찾아다녔다

아무래도 가로로 자르는 게 맞는 것 같아
하지만 세로로 잘라야 용기에 들어갈 텐데

줄무늬의 가로와 세로를

용기에 들어가지 않는 수박을
냄새가 빠지지 않는 락앤락 통을

의자의 저편은 뜨겁고 이편은 차가워서

졸업 사진 찍을 거야?
너는 빵칼로 수박 껍질을 비껴 깎아냈다

진땀을 빼는 네가
꼭 우산 빗물 제거기 같아서
털려 나가고 있어서

겉면에 빗금이 그려졌다
딱 보면 알지

나에게 해가 될 사람과
이로운 사람

너는 베이스기타를 배울 거라고 했다

어떤 손이 기타를 치기에 좋은 손일까
무르고 작은 손
두껍고 큰 손

잎이 다 떨어진 뒤에도
남아서 팔랑거리는 손

무릎을 끌어안고
숟가락으로 수박을 퍼 먹었다
흰 신발코에 붉은 물이 떨어져 스몄다

교수회관 앞에서
한 사람이 노트북을 끌어안고 지나가고 있었다

우리는 옷을 갈아입고
해가 드는 쪽으로 서서 서로의 사진을 찍어준다

수박을 담자마자

흰 비닐봉지가 뜯어졌다
개미들이 죽은 지렁이를 옮기고 있었다

나는 원래 수박씨도 먹어
네가 손등의 수박 물을 핥으며 웃었다
바다코끼리 같았다

끝났다고 생각할 때 시작되는

철이 든 얼굴은 보고 싶지 않으니까
꿍꿍이가 있을 거야

너는 사라지고 싶어 하다가 선명해지고 싶어 했다
그건 너의 패턴이 되어갔고

프라이팬에 코코넛오일을 둘렀어
둥글다는 게 꼭 공평하다는 얘기처럼 들려서

차가운 닭을 씹었다

웅크렸어 단단해 보였지

가벼워 보였고

사라졌어?

우리
그런 이야기에 휘둘리지 말자

깨뜨릴 수 있는 건 오로지 자기 자신뿐이라는 말

달걀을 품어보려는 사람과 삼키는 사람
마음이라는 말 대신 달걀이라는 말을 하는 사람이 있지

우리에게는 우리의 시기가 있을 거야

이제 그만 너 자신을 용서해줘
화해해

이 말들 모두 내가 하는 것인지
다른 이가 하는 것인지 헷갈릴 때에도

마성이야

그걸 가능성이라고 부를 수 있을까?

어제 분명 침대 밑에서 봤어 지우개만 한 벌레
더듬이가 길고 까만

어떻게 할까 고민하는 사이에 사라졌어

긁적였어 부풀어 올랐어

마모된 걸까
나 이전의 나를 헤아려보려고 한 건

망설이고 있어 달싹이고 있지
흔들려보기로 한 거야

그것만으로도 이미 충분한 선택 앞에

오늘은 다른 길로 가보자

그림자가 사람 모양처럼 보이도록 우리는 조금 떨어져 서
보았다

까마귀가 반짝이는 것들을 물어 와 나뭇가지에 박아 넣
었다 숨이 가빴다 아랫입술을 깨물었다 버스를 기다리는
시간이 걸어가는 시간과 같은데, 복숭아는 아직 철도 아닌
데, 네가 들고 있던 검은 비닐봉지가 길게 늘어져 안이 비쳐
보였다

결승점이 코앞이었다
운동장에서 쪽지를 펼쳐보았을 때 내가 손을 잡고 뛰어야
할 사람은

잘 모르는 사람
알고 싶은 모자

낭랑하다, 너는 그 말 뜻 중에 어떤 것이 제일 마음에 드냐
고 물었다 눈물이 거침없이 흐르다, 나는 그게 좋다고 했다
거침없는 슬픔이나 막힘없는 서러움, 그게 제일 좋겠다고

했다

　사물을 훌쩍 뛰어넘는 몸짓이 이 도시의 담장을 만들어놓
았지
　꼭 구멍을 빌린 것 같지

　그 구멍 속에서 찌그러진 채 사랑을 하는
　우리가
　사실은 사람 모양 컨테이너라는 걸, 총성을 기다리는 뒤
꿈치라는 걸

　젤라또크로플을 먹었다 와플 기계에 또 무엇을 넣을 수
있을까 김밥이나 소시지를 넣으면 어떻게 될까, 빚진 마음
같은 것을

　옷을 펄럭거렸다 옷 안을 들여다보면 몸은 여전히 거기
있었다
　어두운 것 중에서도 제일 뾰족한 것

이빨 같아
이빨에 끼여 있는 게 꼭 사람 같아

긴 것
긴 것 중에서도 아주 팽팽한 것

어떤 게 사실인지 알려고 할수록
멀어지는 게 꼭 내 모습 같아서

이미 끊긴 결승선을 통과할 때에도
나와 같이 뛰어주던 벌떼가 있었으니까

초점이 맞지 않거나 손가락이 나온 것들을 확대했다가,
필터를 씌워봤다가 원래대로 저장해놓았다

벌에 쏘여 얼굴이 퉁퉁 부었다
입술을 맞대고 있을 때처럼

줄다리기

우리는 모과나무 숲길을 지우며 걷는다 모과나무 아래 평
상에 앉아 어떤 포기에 대해서 이야기한다

모래 알갱이들은 손깍지를 끼고 있다 너는 모래언덕이 열
리고 닫히는 걸 본 적이 있느냐고 물었다 모래가 열리면 바
깥에서 바람이 불어오고 모래가 닫히면 모래 밖으로 한 사
람이 걸어나간다고

모과의 속마음을 점쳐볼 수 있을까? 너에게 없는 세가지
가 모과에는 있어 노란 입과 노란 눈썹 너는 나를 한번 안았
다 손이 만들어내는 그림자는 바위가 될 수도 있고 나무가
될 수도 있지 개가 될 수도, 사람이 될 수도 있지 우리는 모
과의 주머니 속에서 새 모양 구슬을 꺼내 아주 긴 이야기를
지었다 우리가 떠나온 자리에 떨어져 있는 모과의 뒷모습을
안아볼 수 있도록

아주 오래전부터 끌고 온 모래 한자루에 대한 이야기 녹
아가는 얼음 안에는 흰 칼 한자루가 있어 진흙 속의 뿌리는
자신을 조각내는 방식으로 자라고 수생식물을 보고 있으면

수조 안에 작고 우렁찬 번개가 치는 것 같아 물고기들이 작
별을 고하는 사람의 눈 안에 작고 반짝이는 알들을 풀어놓
듯이

　너는 웅덩이에 떠 있는 벌레 한마리를 보고 있었다 물병에
남아 있는 물로 수건을 적셨다 우리는 수건의 양쪽을 잡고
반대 방향으로 돌려 짰다 수건에서 물기가 비어져 나왔다

　유령의 손끝은 따뜻할지도 몰라 반투명한 가운을 뒤집어
쓴 채 발목 없이 나아가는 흰 얼굴 일렁이는 손 하나가 너의
얼굴을 만지려다가 그대로 통과해 스쳐 지나가는 것을 본다
너의 얼굴이 한번 닫혔다가 열리는 것을 본다

외야

사월은 페트병 장마엔 탄산수

가방을 열어놓고 다리 위를 뛰어간다
초록색 신호등은 세칸
두칸
구회 말 무사 만루 병살타
어떻게 지는지 끝까지 지켜보았다
망한 채로 나아가는 것을 지켜보았다

유월이 끝나면 우리 꼭 보자 친구와 약속을 하고
포수의 글러브에 들어차는 공이 되고 싶었다

칠월엔 튀김옷
겨드랑이 겨드랑이
잔디는 프로가 되려다가 말고 푸르러보려고 한다

너 진짜 스프링클러를 본 적은 있냐
젖은 날개 같은 거
뛰어본 적

몸은
매번 다르게 돌아오는 사인이었다
강이 말라 있었다
이끼가 돋은 돌을 디디면 미끄러웠다

어금니가 시렸다
응원봉이 터졌다
펜스가 유난히 높아 보이는 경기장에서
이쪽으로 날아오는
팬티를 지켜보는데

이마를 때리고
야!
지나갔다

손바닥을 펴보았다 새파란
구멍이었다

꿈에 그리던

청사과를 본다. 사과의 겉면에는 이빨 자국이 나 있다. 한입. 나는 오늘 한입만큼만 산다. 청사과의 안쪽은 서서히 갈변되어간다. 청사과가 언덕을 굴러간다. 높은 곳에서 낮은 곳으로. 청사과는 언덕을 증명하고 있다. 이렇게 따가운 여름. 언덕을 오르는 엉덩이. 겨드랑이와 팔꿈치 안쪽에 땀이 축축하게 묻어난다.

여름이라고. 청사과가 무르익어간다고. 혀를 깨문 청사과. 한알의 죽음. 한입의 무너짐. 이토록 시원하고 상쾌하여서. 눈을 휘둥그레 뜨고. 입속에서 과즙을 터뜨리며.

망하기. 망하는 편으로 가보기.

도서관의 장서 사이를 거닐면서 일렬로 서 있는 책들을 만져본다. 주인이 없는 채로 꽂혀 있는 책. 누구나 주인이 될 수 있는 책. 커피가 쏟아져 종이가 젖어갈 때 나는 주체할 수 없는 기쁨을 느껴버렸다.

나는 이제 그만 내 몫의 청사과를 반납하고 싶지만 사서

는 자리에 없고. 자꾸만 사랑에 빠진다. 점프를 하면서. 사랑
으로 떨어지면서. 이제 더이상 빠질 사랑이 없다고 의기양
양하게 말한 뒤에도 나는 더 깊은 사랑에 빠지고. 애벌레가
청사과에 온몸을 파묻고 구멍을 넓혀가면서 길을 만든다.

부정할 수 없는 여름

달리지 않는 열차는
아직도 자신이 열차라고 믿고 있을까

한번도 만나본 적 없는 사람을 떠올려보려 애쓴다
철로 위에 이끼가 파랗게 눕고
사람들은 비 냄새가 난다고 말했다

오지 않을 기차를 기다린다
얼음만 남은 아이스티 플라스틱 컵에 꽂힌 빨대를 질근질
근 씹는다

서성거리다
걸음이 닫히자마자 뛰어오는 기차 소리

철로 긁는 소리
붉은 신호

기차가 서지 않는 역에서
돌아보면 저만치 저만치 가 닿는

여름엔 겨울을, 겨울엔 여름을 생각하며
거의 다 왔다고 믿었던 적 있다

제 3 부

모르며 사랑하기

붉은 거인

1

지붕에 매달린 물방울의 발가락이 몇개인지
세는 일을 도맡아 해온 사람이
기지개를 켜고 일어나

암산하는 방법에 대해서 이야기한다

사과를 그리지 않아도
머릿속에 사과 농장을 만들어보는 겁니다

그 이후에
내 머릿속 사과 농장은 보이지 않고
사과를 갉아 먹는 소리만이
가득하다

2

히죽거렸어

비가 오는 길목에 서서 침을 꿀꺽 삼켰지

내 등 뒤에 스티커가 있어

스티커를 벗기고 이 골목에 나를 붙여놓은 거야

일장일단이 있지

뗐다 붙였다 할 수 있는 입술을 가지게 되었으니까

신을 꺾어 신고 밤낮없이 지껄이는 거야

불타거나 물에 잠긴 세계에 대해서 이야기하는 건

내가 아니어도 되는 일

미소를 짓고 빗길에 서 있으면

젖어가는 게 나인지 커다란 쥐구멍인지 분간할 수 없고

그걸 끝까지 응시하는 일에

동참하고 싶어서

나는 눈을 감고 아주 구체적으로

붉은 거인이 되는 상상을 한 거지

3

열쇠를 잘그락거리며 길 위로 나선다
걸쇠가 걸려 있는 문을 열고 들어가

하품을 한다

거리에 물기름이 끼얹어져
아스팔트 위에 무지갯빛 기름띠가 드리운다

몸속에서 자라는 수만갈래 길이 있다고
그 길을 감고 있는 흰 물레가 있다고
아이들이 쑥덕거린다

촛불 하나가 맨몸으로 기어가
벽기둥을 타오를 때

쇠줄에 발목이 묶인 채로도
사방을 돌면서 춤을 추는 무희

불길 속에서
빗줄기를 붙잡고 올라간다

흠뻑 젖은 얼굴 한벌 걸쳐 입고

음계 위를 건넌다

달궈진 열쇠를
그림자에 끼워 맞춰 돌린다

   4

입술을 뜯으면서 사전을 뒤졌다
친구라는 말을 찾기까지 아주 오래 걸렸다

친구라고 부르면
팔짱을 낄 수 있고
내리는 비를 보면서 비보다 더 오래 울 수도 있고

(달음박질하는 소리)
(빗물의 뒤꿈치가 땅을 디디는 소리)

네가 좋아하는 새 울음소리를 기록하는 일을 내가 도맡아

할 수도 있고

반가사유상을 보면서 너는 눈물짓는다

네가 추는 춤을 볼 수는 없어도
그 춤의 고소한 냄새를 맡을 수는 있으므로

(가뿐하게 숲을 뒤엎는 소리)
(쌀을 씻듯이 부득부득 빨아 앉히는 소리)

네가 부르는 노래를 들을 수는 없지만
그 노래의 올록볼록한 음계를 만져볼 수는 있으므로

모르는 나라의 알 수 없는 말을 배우러 다니는 너를
따라다닌다

개여울.
개여울?
개여울!

네가 먹다 남긴 스콘과
마르다 만 빨래들이 이만큼이나 있으므로

나는 답한다

능소화!
능소화!

틀린 그림 찾기

식탁보를 잡아당길 때는 망설임이 없어야 해 숨을 들이마시고 힘껏 당겨야 해 식탁보가 걷히는 순간에 식탁 위에 얹혀 있던 밥그릇은 요동치다가 제자리에 멈춘다 아이는 승자가 깃발을 흔들듯 온몸에 식탁보를 두르고 박수를 친다

나무는 흔들리고 사물은 바래간다 모서리는 뭉툭해지고 열매는 커진다 냄새가 퍼지기 시작한다

이 거리에는 얼마나 많은 식탁보가 숨어 있는 거야? 저 나무는 언제 초록 천을 거둬들이고 붉게 바뀌어버린 거야? 미처 보지 못하는 순간에 바퀴는 도로의 속도를 휘감아 잡아당기는 거야?

오렌지는 어디서부터 어디까지 오렌지인 거야? 오렌지와 나는 얼마만큼 다른 거야? 저 간판의 글자들은 사실 오렌지를 본 적 없대 아이가 오렌지를 열어젖히고 오렌지 위로 쿵쾅거리며 나아갈 때

신이 난다 신이 난다 신난다 신난다 아이는 발을 구른다

자기에게 몸이 있다는 사실을 알게 된 순간 몸만으로는 포옹을 할 수 없다는 걸 알게 된 순간에도

영혼이 뭐게? 그건 몸 안에 찌그러져 있어 언제든 용수철처럼 뛰어나가 끝없이 늘어나며 너를 안을 준비가 되어 있어

갇혀 있는 것들은 도망가기 마련이에요 뛰어넘기 마련이에요
문은 열리고 부서지고

나는 도움을 주는 쪽이고 싶어
모두가 자기가 이 이야기의 주인공이라고 생각하니까

내가 몸에 갇혀 있대도 나는 벗어날걸요? 매달릴걸요? 뛰어내릴걸요? 굴러갈걸요? 나는 오렌지를 먹을 수 있고 나는 오렌지를 쓸 줄 알고

오렌지는 나를 먹지 않고도 내가 될 수 있는데
아무것도 되지 않고도 우리는 같이 언덕 위를 굴러갈 수

있는데

　아이는 화살표를 안고 간다 길을 자기 앞으로 끌어당긴다
손을 양쪽으로 뻗어 중심을 잡고 일자로 발을 내디디며 방
지턱 위를 걷는다 아이는 방향을 발명하기 시작한다 이쪽과
저쪽이 동시에 아이 앞으로 닥쳐온다 물병을 흔든다 물은
물병의 안쪽 벽면을 훑으며 흔들리고 있다 깊어진다 살은
튀어나온다 접힌다 옷 속을 물끄러미 보다가 손을 집어넣어
뱃살을 잡고 만지작거린다

　햇볕은 확실하다 뚜렷하다 손바닥을 뻗는다 하품을 한다
숨이 온몸 가득 통과할 때 햇볕을 들이켜고 있다고

　햇볕을 꿀떡 불길을 폴짝

　아이는 윗옷을 벌려 그 안에 이유를 잔뜩 모은다 모래가
흩어지는 이유 개미가 모래를 파고드는 이유

　물방울은 매달린다 매달려 있는 건 힘이 세지 부풀고 있

는 건 뜨겁지
　아이가 한시간째 화장실에서 볼일을 보고 있다

　들어오세요 문을 열어드릴게요 같이 얘기해요

정글짐

굴렁쇠가 언덕 아래로 굴러간다
굴렁쇠를 지나쳐
호랑이 한마리 언덕을 거슬러 올라간다

그 호랑이
한달음에
고요 속으로
헤집고 들어가

그 호랑이
앞발을 들어 허공을 할퀴고
꽃잎 속에 수술이 되어 박힌다

우리 가족 모두 행복하게 해주세요
풍등 걸고 동전 넣고 사탕 먹고

곤죽이 되었네
흐드러지네

솔선수범하여 청소를 하고 도맡아 발표를 했다
앞장서서
미워했다
끝까지 도망쳤다

그렇게 가르치던? 호랑이가 그리 이르던?
미워하는 것
너무 달아 그랬다
각자가 맡은 청소 구역만큼
구석구석 예뻐한 만큼

물뿌리개 속에서 출구를 찾지 못하던 나방 한마리
몸을 뒤척인다
내 배 속에서 날개를 부딪치며 바스러진다
나방의 날개가 스치고 간 자리가 간지러워
온몸 환히 밝아져

내 배 속 좀 긁어다오
내 이빨 모두 가져가렴

다디단
흰개미떼의 행렬
잔털제비꽃

솔방울이 나뭇가지에서 떨어질 때의
박진감만큼

사람입니다
끄트머리부터 빛이 타들어가
오그라든 모양새로
서 있습니다

판박이 스티커를 모았다
한달 치의 일기예보를 뒤지며
일기장에 해를 그린다

햇빛은 고소하구나
흰 깃 속에 발톱이 숨어 있구나

호랑이 한마리
노래 속에서 잰걸음 치는
호랑이 한마리

나는 늘 겁쟁이와 사랑에 빠져요
텅 빈 속
감미로워요

내가 신기에 이 여름은 너무 헐겁다 할지라도
끝장을 봐야 직성이 풀리니까

장마가 끝나고 난 뒤에는
놀이터 모래가 모두 파헤쳐져 있었다
구덩이 속에서 죽은 새가 발견되기도 했다

나를 의자에 앉혀놓고
숫자를 세라던 사람들
내 일기장만 보고

알은체하던 사람들

백까지 셀 수 있는 아이는
사실 백한번째의 혼잣말 속에 살고 있다는 걸

슬퍼할 수 있도록
나를 돕는
디딤돌

그건 내가 깨부숴
난장 속에서

세 배수로 커지는 울음이
돌멩이 안에서 팽팽하게 부풀었다

둥근 것에도 각도와 기울기가 있다는 것
헤아림의 공식도 인내하는 요령도
끝내는 모를 것

꼬리 중심

박수 세번 쳐 꼿꼿하게 허리 펴 다리 오므려
풀숲 가장자리
네가 있는 곳
있음 깜빡 있음 깜빡 있다가 없음

깜빡이며
불빛이 동심원을 그린다

끝에서 끝으로
미끄러지며 풀이 자란다
끄트머리
생겨나고 있다

소쩍새 본 적 없어도
가슴 붉은 도라지 심정 알 수 없어도
느껴지지
두근거리지

살아 있다

저것 위에서 이것을 가지고 그것을 만들어내며

도롱뇽이 느끼는 천장 모서리의 각도는?
도마뱀이 제 꼬리를 먹어치우며 음미하는 감칠맛은?

내놔
네 것이라고 믿었던 바로 그것

침을 튀기며
우리, 우리들이라고
외쳐

홈이 파인 조판 위에서
너 띄고 나 띄고 그들 띄고 저들 띄고
사이를 찍어낸다
바깥의 감도를 느낀다

잎맥 위로 벌레 한마리 기어간다
들개가 어슬렁거린다

처음 발견한 바이러스에
자신의 이름을 붙여준 학자
벌레는 이름 바깥으로 날아가고

우리여름신사랑믿음빛천사
각별히 아끼는
이것의 아름다움까지도

기계 속에서 굴러가는
한통속인 걸
인간에게도 패턴이 있다는 걸

진화한다
맹렬히
저것을 포함한다

폭설은 빛을 설득하고 있으므로
낮은 밤을 포함하고 있으므로

햇빛을 납땜하는 잎사귀
망설임 없는 박치기

동네방네 문을 두드리고 잠을 깨우며
구석이 나를 길들인다
배를 채운다
손을 맞잡자 한다

미룰 수 있을 때까지 미루며
로드뷰 그리기
이루기

기울어지기
궁시렁거리기
모르기
모르며 사랑하기

기립

내게 슬기를 다오
배불리 먹을 빵과 푸른 별을 너에게 주마

커튼이 객석을 향해 휘날렸다
배우가 발을 구르면 사람들은 박수를 쳤다
그것은 연극이 시작하기 전에 미리 약속된 것이었고

관객의 박수 소리를 빗소리로 연출한 것은 기발했으나
박수 소리가 잦아든 뒤에도 계속 박수를 치는 사람이 있
었고
절단된 사람 모형은 지나치게 사실적이었다

(느림보 토끼 나가신다)

작위 속으로 헐레벌떡 비를 피해 들어오는 사람
초인종 소리와 함께 나타난 거위떼
푸른색 먹구름이 몰려온다

앞사람의 뒤통수는 변주되고 있었다

일행은 팸플릿의 가장자리를 조금씩 찢고 있었다

배우는 허공에 손을 뻗어 무언가를 뜯어 먹는 시늉을 한다
뼈를 바르는 행위였다
배우가 바닥에 무언가를 뱉자
무대를 둘러싼 조명의 조도가 낮아졌다

(취객 난입)

명석한 주인공 역시 끝내는 묘책을 발견하지 못했다
아무 사건도 일어나지 않았으므로
책상이 말을 걸어오는 일마저 단조로웠으므로

일행은 팔짱을 끼고 자고 있었다
작년 달력을 폐기할 때와 같이
미간을 아주 약간 찡그린 채로

(당신 얼굴은 제가 잃어버린 고무 타이어와 매우 흡사합
니다)

옆 사람의 전화벨이 울렸다
옆 사람은 침착하게 핸드폰을 꺼내 전원을 껐다

전화벨 소리만이 이 세계에서 누락된 범인을 지목하고
있다
무대 가벽에 기대어 있는 대걸레는 아무런 쓰임도 가지지
않는다

가장 단순한 사랑을 드립니다
거머쥐세요

머리를 감싼 채 주저앉아 있는 주인공 뒤로
나뭇잎 모양의 의상을 입은 자객들이 개다리춤을 추며 지
나간다

(염불 외는 소년)

사람들은 숨을 죽이고

무대가 이 연극을 포기하기를 잠자코 기다렸다

고소한 냄새가 났다
이다음 장면은 내가 일행을 깨우는 것이었다

요주의

그림자도 없이
한밤의 공터에 모여 맴돌고 있었다

아이 하나가 나타나 고개를 들어
아이 둘이 달려와 노래를 불러
아이 열이 몰려와 춤을 춰

온종일 주위를 돌다가
아침이 되면 사라지지

맏이로 태어난 아이들과
막내로 태어나 이름을 빼앗긴 아이들
뒷머리가 푸르스름해질 때까지 머리를 깎고
요괴가 되어가는

그것이 무엇이든
나 아닌 쪽으로
뜨거운 쪽으로 흐르는 쪽으로 응시하는 쪽으로

요술을 부려보려고 했는데
춤은 환하지
타오르지

어깨가 뾰족한 사람들
턱이 뭉툭한 요괴들
방망이가 말을 듣지 않는 순간들

너는 나를 망쳤어라고 말하고
우리는 참 닮았어라는 대답을 듣는다

함께 손을 잡고 춤을 춘다
불을 피운다

아이들은 궁리한다
알맞은 대답이 무엇일지

맞붙어서 싸워본 적이 있다면
잊을 수 없는 얼굴일 텐데

갓 태어난 것처럼
울고 웃지
나뭇가지를 분질러
사라지지 않으면 찌르겠다 말하면서도

처음 읊조린 노래가 어떤 열쇠로 변했는지 맞혀보세요

방망이를 빼앗긴 요괴들

휘두를 수 없도록
무해하도록

사이와 사실

사람을 죽이는 꿈은 길몽이라고 했다

이것이 꿈인지 생시인지 알아보는 사람은 명줄이 길었고
매사에 발전이 있었다 나는 시계를 자주 들여다보았다

교실 밖으로
소방차 지나가는 소리가 들렸다

고개를 들어라 선생이 말했다
창문을 깬 사람이 용서받을 수 있는 마지막 기회
책상에 엎드려서 어깨를 들썩였다

촉수를 건드리면 껍데기 속으로 몸을 숨기는

달팽이를 밟았다
지금 밟은 것이 달팽이인지
달팽이라고 부를 만한 나의 껍데기인지 알 수 없었고

체벌과 사랑은 같은 보호색을 띠고 있었다

목 뒤가 끈적끈적했다

운동장 한가운데 모여 누가 가장 오래
해를 바라보는지 내기를 했다
아이들이 금을 넘어다니며 놀고 있었다

눈에 모래가 들어간다
볼을 꼬집는다
숨을 참아본다
붉어졌다 뿔이 돋는다

오늘도 내년 달력을 만드는 사람들이 있겠지
종이 울린다 입맛을 다신다 딱 거기까지만 자라게 하는
귀엽다는 말이 나를 먹이고 키웠다
어깨를 주무르고 지나갔다

전화가 울린다
길몽을 판 돈으로 군것질하러 가자고

개별

불길이 이를 갈며 커졌다

둘러앉아 모두 한곳을 바라보고 있었다
맨 먼저 일어나 입을 뗀 사람은 허리가 길고 발볼이 좁은
사람
뒤따라 주먹을 쥐고 손을 든 사람은 입술이 얇고 귓불이
두꺼운 사람

미치지 않았습니다 취하지 않았습니다 온몸에 불길을 뒤
집어쓴 채 버릴 수도, 때려치울 수도 없이 내가 나를 보살피
고 아끼며 끼니를 챙기고 있습니다

피부를 벗어 던지는
결을 가로질러 찢어지는

뼈 물 뼈 물

저건 정말 타오르는 것도 아닌데 달아오르는 것도 아닌데
여기 서서 기름을 두르고 춤을 추는 나는 자꾸 번져가는데

일그러지고 있는데 저의를 알 수 없을 때에도 꿰뚫고 있어서

가장자리부터 타들어가 말려들고 있다 일렁이고 있다
타버린 것은, 타고 남아 부릅뜨고 있는 것은

듣고 있습니까? 진행 중입니다
사랑 이후에 책임도 대가도

정을 박아
끌어안아

이해할 수 없는 것은 이해할 수 없는 채로 두기로 한 이후
에도 옮겨붙으며 나뭇결마다 들쑤신다

뼈 물 뼈 물

붉은 이마 성긴 불
쐐기의 마음으로

오르내리는, 달음박질치는
옆얼굴이 환해질 때

연기를 들이켜고 들이켠 이후에도 더 들켜버릴 사실이 남
아 있다는 것, 덮어씌울 것이 남아 있어서 뒤집어쓰고, 샘솟
아, 연기는 나를 웃돌아, 고개를 끄덕여

혼자 벌을 내리고 혼자 벌을 받는 날이 이어졌다
이후에도
잠도 잘 자고 때가 되면 손발톱도 깎는데
손쉬운 화해를 한 뒤에는 모두가 내게 친절하게 굴었다

찢어발겨진 것을 다시 이어 붙이고 있다 불은 흘러내리는
중 솟구치는 중
거대하게 잡아 처넣는 안녕을 비는 중

빗댈 수 없는 마음

두드리고 있습니다. 이전에 없던 실패와 계속되어왔던 물음을 이어가보겠습니다. 살아본 적 없는 나와 되어본 적 없는 당신 사이에서. 나는 나를 지지하고, 당신은 당신에게 동의하며 헤맵니다. 쓰러지기. 쓰러지며 춤추기. 여기에서부터 시작하겠습니다. 다가오고 있습니다. 모르는 나와 알고 싶은 당신에게로 나를 던지는 중입니다. 비껴가고 있습니다. 비유에 실패하는 시도가 있습니다. 실패에도 세부가 있어서, 나는 실패를 저미고 불을 지핍니다. 그러모아 나아갑니다. 망설이기를 멈추지 않을 것입니다. 더듬고 있습니다. 밝아지고 있습니까? 도리질하고 있습니다. 날개를 뜯어냅니다. 이미 없는 몸으로 기어갑니다. 물음이 물음을 회전시키고 있습니다. 주저함이 주저함을 도려내고, 겁이 겁을 게워내며 앞장섭니다. 여기에서부터 시작하겠습니다. 응시합니다. 거기에 서 있다면, 커져가고 있다면, 웅크리고 있다면 귀 기울이겠습니다. 누가 당신 사랑의 방식에 동의할 수 있습니까. 시도의 뒤통수는 둥글고, 미래는 쩌렁쩌렁 웃습니다. 주절거리기. 까무러치기. 여기에서부터 시작하겠습니다. 곳곳에 있는 당신과 나라고 믿었던 적 있는 바깥은 계속해서 열립니다. 여기에서부터 시작하겠습니다. 나는 나로 사는 게 지끈거립니다. 더부룩합니다. 나는 나를 깨작거리고 있습니다. 얹혀 있습니다. 조여올 때, 몸이 있다는 것이 분명해집니다. 기껍습니다. 슬픔 밖의 끝장. 가뿐합니다. 여기에 서부터 시작하겠습니다.

제 4 부

배불리 슬퍼하고 게을리 원망하기를

빗댈 수 없는 마음

대성당에 성가가 울려 퍼진다 사람들은 건너 건너 악수를
한다 축복을 빌어주고 서로에게 인사를 한다 한참을 줄을
서서 헌금을 하고 성체를 받아 모신다 성체가 입천장에 달
라붙어 녹지 않는다

요강같이 생긴 종은 빨간 쿠션 위에 놓여 있다 아이는 종
을 칠 수도 있고 치지 않을 수도 있다 종을 부술 수도 있고
종으로 사람들의 머리를 하나하나 내리칠 수도 있다 구유를
보면서 웃음을 참을 수가 없다 오줌을 참을 수가 없다

이 순간 종은 온전히 아이의 것이다 이 종은 아이의 의지
대로 할 수 있다 무릎을 꿇으라고 하면 무릎을 꿇고, 일어서
라고 하면 일어서게 하는 힘이 언제 종을 치고 언제 종을 치
지 말아야 할지를 결정한다 이거, 사랑? 도금이겠지 갖다가
팔면 얼마나 받을까

*

재래식 화장실에 쪼그리고 앉아 오줌을 눈다 아래를 내려

124

다보니 핏방울이 흘러 오줌 줄기 사이로 번져간다 붉은 피
는 머리카락이 물에 풀어 헤쳐지듯 천천히 뒤섞이고 있다

*

창밖으로 눈발이 날리는 것을 본다 스텐실 종이를 들어
올린다 만다라 모양과 눈송이 모양 스텐실에 가느다란 햇빛
이 비쳐든다 다락 벽면에 크고 검은 눈송이가 일렁거린다
손을 움직일 때마다 조금 기울었다가 점점 더 커지는, 겨울
과 첫눈을, 검은 눈을, 거대한 눈을, 조금 비뚤어진 눈송이를
만지작거린다 그림자에 발바닥을 대고 눕는다

묵주 반지는 장미 모양
기도문을 외운다
기도문을 외우는 순간에 아이는 믿음을 밀고 나간다
그것에 말을 건다

아름다움은 공포심과 마찬가지로 주도면밀하다는 걸

신부가 잔을 들어 올린다 축성을 한다

축성을 하고 나면 저 포도주는 예수의 피가 되는 것

그 믿음의 틈을 비집고

*

언니, 나는 울고 있어 금박으로 싸인 그 잔이 너무 탐이 났
어 빛을 발하는 것 같은 숟가락은 흰 천 위에 나란히 정돈되
어 있었어 언니는 그게 지긋지긋하다고 했지 예수는 나의
딸, 내가 언니의 엄마이길 바란 적 있어 언니가 손을 모을 때
내가 선택할 수 있는 것과 없는 것에 대해 생각했어 성체를
모시고 무릎을 꿇고 앉아 누구보다 오래 기도했어 믿음은
이루어지는 것이 아니라 내가 이루는 것이라고, 내 사랑을
계속 증명받아야 할 것만 같아 누군가가 나를 선택하고 소
원을 들어주기 전에 내 부분들을 내가 선택할 것이라는 다
짐이 수도 없이 구겨지는 거야 내 피를, 내 살을 나누어주면
서 어떤 구원도, 그래 나는 태어난 적 없어 누가 나를 여자로
키운 걸까 미사포를 쓴 나를 상상하면 기분이 좋아졌어 그
뒤편엔 반짝이는 것들, 선택지 그 안에서 나는 나를 고르고

있었다는 걸

　여자인 채로 여자를 넓히고 여자를 부수고 여자를 밀고
나가 그 이후의 이후에도

　내 사랑에 조언은 필요 없어
　더이상의 도움은 필요 없어

　혀로 입술을 핥아봐 끊을 수가 없어 사랑하길 멈출 수가
없어 살고 싶다고 내 뺨을 수도 없이 후려쳤어 손과 손과 뺨
손과 뺨 손과 뺨 미안해 계속하고 싶어 여자인 채로 망가뜨
리고 싶어 기대를 부수고 싶어 무엇이든 간에 되고 싶어 되
고 나서는 그것으로부터 벗어나고 싶어 트럭에 치여도 죽지
않을 것 같아 내가 몸을 가졌다는 게 믿기지 않아 내가 먹은
게 신의 몸이라는 게 믿기지 않아 신은 나의 딸, 내가 키운
몸, 내가 부순 걸, 내가 만든 걸, 내가 빚은 걸

　먹히고 싶지 않아 먹고 싶지 않아
　눈발이 날린다

누가 나를 빚었지? 누가 나를 먹었지? 누가 나를 약속했지? 누가 나를 구원했지? 누가 내 죄를 속죄했지? 누가 나를 강간했지? 누가 나를 고백했지? 누가 내게 애원했지? 누가 나를 휘저었지? 누가 나를 사랑했지? 사랑이랍시고 누가 나를 이곳에 떨어뜨려놨지?

나는 정확하다 한가지에 집중한다 내가 집중하는 것은 오로지 나의 대담함과 어리석음 그것을 모두 이겨내는 투지이므로

누가 나를 허락해? 누가 내게 동의해?

최선을 다할 거야

늘 같은 곳에서 미끄러져 내가 느끼는 아름다움이 정말 빛일까, 빛뿐일까

*

성당 마당 앞에 서 있는 성모상을 본다
성모상 앞 사람들이 켜놓은 촛불들
굳은 촛농 위로 다시 촛농이 흐르는 것을 본다
신부가 와서
살아 있는 불씨로 꺼진 초에 불을 붙인다

*

불이 태워버린 것들
불이 녹여버린 것들

흔들리는 촛농 위에 올라타 발을 디디고서
매를 맞았어

잘못들을 뉘우치고 나면 무사해지는 것 같았어 무사함을
끌어안고, 무사함을 무찌르며 나아가고 싶어졌어

그뒤에 남는 무너짐, 무너짐을 가로지르는 수치심
그 위에 누워 잘 때

자국은 빠지지가 않아 나는 어딘가에 이염된 얼룩인 것만
같아 조금씩 옮겨 다니면서 희미해지는 얼룩을 봤어 그건
무릎이 까져 딱지가 질 때 살갗이 조금 벗겨진 흉터처럼 보
이고, 수도 없이 젖어들고 있어

무엇도 될 필요가 없이

내가 나에게로 언니는 언니에게로 치달아
일으켜

*

성당 돌계단에 앉아 수녀가 헌금 바구니를 나르는 것을
본다
내가 앉아 있던 자리는 따뜻하다
가방을 열어본다 그 안에는 깨진 성물들이 반짝이고 있다

입속에서 사탕을 굴리다가 긁힌 잇몸을 핥는다

천사는
그 맛을 알까

몰래 먹는 열매의
비리고 짠 맛

썩어가는 것들이 풍기는
시고 단 맛

열매를 먹어본 적 있는 사람이
끝없이 중얼거리는 말을

여기, 여기라는 말과
그 말들을 모두 지우기를

사탕

입을 벌리고
샅샅이 찾아냈다

열리지 않던 서랍 안쪽에는 삭은
열쇠가 걸려 있다

손가락에서 반지가 돌아간다
이것이 내 것이었나 싶은 의심이 들면

귤껍질을 깐다
옷을 갈아입는 것이라고 생각하자
꼭지를 보고 상한 것인지 싱싱한 것인지 구분할 때에도

나는 네 어금니에 끼여 있는 젤리가 되겠어
끈끈하게 붙어 서서히 썩어가겠어

박혀 있는 것들을 뽑아내는 대신
뿌리를 흔들어보면서

껍질이 얇을수록 맛이 좋습니다
따뜻한 곳에서만 자란다는 귤도
겨울에만 열리는 것처럼

퉁퉁 부은 얼굴로
침범한다

하얗고 반짝이는 치아 속을 파고들면서
빛을 걷어차면서

복수는 늘 빚을 갚는 마음으로 해내는 것이라고
말할 때에도
떼로 덤벼들어 헤집어놓을 때에도

혓바닥 밑에 숨겨놓은 껌처럼 서서히 굳어간다

잇몸 속에서 조금씩 녹아가는
사탕 조각으로 목소리를 베어낸다

내가 먹는 것이 달아서 네가 먹는 것은 시어서

단물이 다 빠진 뒤에야
발명할 수 있는 축복을

아무것도 들리지 않는 날에도

너는 하루 종일 이야기를 지을 수 있고
앞이 보이지 않는 날에도
노래를 부를 수 있다

너를 부르는 목소리에
대답하지 않을 수 있으며

믿음 없이도
나아갈 수 있다

너는 작은 실잠자리 날개 위에서 이 세계를 내려다보며
입을 굳게 닫은 채로
네가 보는 것들을 조금씩 깨뜨려볼 수 있다

어떤 갈망 하나를 놓음으로써
자유로부터 풀려날 수 있고

그리하여 끝내 네가 원하던 결말 하나를
손에 거머쥐고

실잠자리 날개 위에 앉아
실잠자리가 조종하는 공중에서 바람을 맞을 수 있다

그 바람은 너를 잠시
흩뜨려놓고

너는
용서하기를
멈추고
촛불의 일렁거림에 사로잡힐 수 있다

하늘 한조각을 조각내
한모금 들이켤 수도 있고

너 자신과 화해할 수 있기도 하지만
영영 벗어날 수 있다는
희망은
끝내
깨진 장독대 사이로 사라진다

달력이 한장 넘어간다
오랜 원수를 너의 친구로 받아들일 수도 있지만

너는 네가
너라는 사실을 깜박 잊을 때

사랑하지 않을 수 있고

너는 너에게
속아 넘어가지 않을 수 있다

휴일에 하는 용서

밀랍으로 지어진
얼굴 속에서 하품을 하고 일어나
양봉을 했다

기지개를 한번 켜고

뒤집어진 고무장갑 속에서
꿀을 떴다

새벽에 큰비가 내려
개들이 짖고

용서하지 않겠다는
다짐이 흘러내려
서서히 굳어갈 때에도

이 다짐은
이곳에서 저곳으로
부지런히 나를 나르고

키워냈으므로

내가 나를 때리는 날 속에서
터진 입에 꿀을 바르는 날 속에서
채밀을 했다

꿀이 찼다
달았다

비가 온 다음 날이면
꿀을 빨던 벌들의 날개가 젖어가고
날갯짓이 뜨거워서
꿀벌들이
꿀통에 빠져 죽었다

밀랍이 통째로 흘러내렸다

벌집을 태우고
돌아오는 길에는

얼굴 몇숟갈 떠먹었다

죽어서도
떼로 몰려와

날개는
온종일 내 머리통 속에서
산란을 하고

햇빛을
갈기갈기
할퀴어놓았다

나더러
살으라고
등짝을 쳐댔다

먹이

타이레놀 껍질은 까지지가 않았다
누가 아랫배에 바늘로 내장을 깁는 것 같았다

엄마, 나 호랑이가 보고 싶어

호랑이가 입을 쩍 벌릴 때 다가가서
하얀 송곳니를 만져보고 싶어

따뜻하기도 하지
순하기도 하지

입맛만 다시지 말고
유리창을 깨부수고 달려들어봐
이리 와 물어뜯어봐

내 영혼 무럭무럭 자라서
내 영혼 짭짤하고

순식간일걸

목 뒤에 매미 한마리가 붙어 있는 것 같았다
누군가 내게 질문을 던졌는데
도무지 답이 떠오르지 않았다
그때 그 송곳니를 떠올리면
도망칠 용기가 샘솟았다

겁에 질린 채
다리에 피 칠갑을 하고 집에 왔을 때
내가 씨익 웃더란 얘기

맞아서 얻어터진 것 같은데
늘 몸에 멍 하나 없이 깨끗해서
겁이 났는데
피를 보니까 안심이 됐다

내가 무찌르고 싶었던 것
싸워 이기고 싶었던 것 모두

나를 사랑한다며 에워싸던 것들
어여쁘다고 나를 만지작거리던 것들

엄마, 나 곰피장아찌가 먹고 싶어

바닥에 요를 깔고 엎드려 누웠다
요에는 피 얼룩이 동그랗게 남아 있었다

밤새도록
삶은 계란을 깠다

종이학을 펴보면 어렸을 때 쓴 일기가 있었다

오늘은 하늘을 밟고 올라섰다
아무리 때를 밀어도 팔꿈치가 까졌다

반려동공조각

누가 이 폭풍우 속에 뛰어들어 빗방울 하나를 데려와 키
운다는 거야? 엄마, 왜 멀쩡한 꽃을 죽이려는 거야? 그 꽃대
멍울진 구석 얼굴 내 대가리 정수리 꽃봉오리 우리나라, 미
덥지 않더라도 복장 터지더라도 엄마, 정말 죽이려는 거야?
아니 살리려는 거야? 정말 버려진 어둠을 주워 와 키우려는
거야? 반려물방울 반려폭풍우, 그걸 지금 나더러 믿으라는
거야? 내가 정말 신이 주신 선물이라는 거야? 선물이 되어
본 아기들의 울음을 헤아려본 적이 없다는 걸 말하려는 거
야? 저 빗방울 좀 봐. 이제 막 짖기 시작한, 이제 막 주인의
손에 앞발을 고요히 내려놓는, 가을을 맞이하는 저 빗방울
좀 봐. 엄마, 이 가을이 나를 길들여. 나를 사랑한다고 해. 똑
바로 보고 말해. 폭풍이 나를 거둬들여. 나더러 아름답다 해.
자 착하지, 우리 아가. 나를 자기 애인이라고 소개하는 그 더
러운 입까지 나는 먹어치웠지. 말끔히 싹쓸이했어. 구워 삶
아 먹어. 꼬리 치고 다니지 말라며 내 머리채 잡아채던 그 후
레자식, 그래도 사랑해. 고백도 해봤어. 내가 사랑하는 거 알
지? 이따위 말 같지도 않은 소리 지껄이는 게 그 여자 취미
라나? 사람들 모여 뒤에서 한참을 씹어대던 그 여자가 바로
나라나? 내가 욕하던 티브이 속 그 여자, 내 당숙의 외숙모

라나? 골목에 쓰레기봉투 빵빵하고 쥐들이 몰려가 뜯어 먹어. 찌꺼기 오물이 질질 새어 그 여자 구두 굽을 감미롭게 적시며, 그 구두 굽으로 찍어내던 쿠키의 눈동자. 엄마, 나 그 코딱지만 한 눈동자에 반한다나? 후레자식 등에 업고 다 산 것처럼 군다나? 그러고 나면 바삭바삭해지는 이 가을 한입에 녹아내린다나? 배를 까뒤집고 버둥거린다나? 엄마, 엄마가 내 배 속에서 산산이 부서진다나? 종종걸음 치는 꼴 좀 봐. 욕되게 하지 말아라, 아무 데서나 담배 빡빡 피우지 말아라, 치마 내려라. 슬픔이 다 뭐야. 내가 되고 싶었던 여자들, 그 여자들의 머리칼, 그 미래의 치마 밑단을 잘라서 꿰매 놓은 게 고작 나라고? 이 자식아 내가 아니라고! 앞 발 들 라고. 스읍! 짖 지 말 랬 지. 밀려왔다 밀려가는 이 폭풍우 속의 쓰레빠, 그걸 모두 내려다보고 있는 눈 하나가 있다는 걸. 나방 한마리 날아간다. 나방의 날개에는 인간의 동공을 닮은 무늬가 소용돌이치고 있다. 드물게 깜박인다. 인간들. 인간들. 엄마, 창문이 덜컹거려. 꽝꽝 몸을 떨며 문틈으로 나를 노려보는 그 자식들. 나, 폭풍의 머리를 쓰다듬고. 그 여자들과 눈이 마주쳤는데. 엄마, 붉은 눈이 내게 속삭이는데. 얘야, 나는 너를 사랑한단다. 엄마, 붉은 눈이, 붉은 눈이, 내 이

마에 입을 맞추는데.

　아주 잘 참았다. 이제 먹어!

초록 벌

초록 벌 날아와 우지끈 나무를 넘어뜨리고 초록 벌 기함을 하네

파산한 아버지들과 굴 딱지 속 반짝이는 무지개
초록 벌 바다로 뜨거운 별 위로 초록 벌 끓어올라 날개에 데어

동산은 우거지고 동산은 야트막하다 샌들 안으로 작은 돌멩이가 들어와
발바닥이 긁힌다 나무 기둥을 잡고 한 발로 서서 샌들을 턴다

바위를 들춰보면 초록 벌 드글드글 우리 딸내미들 우리 엄마들
건강한 아이의 울음 초록 벌이 만들어놓은 꿀을 자시고 비를 긋네

물갈퀴를 갖게 해줘 술 단지 속에 빠져 그래그래 초록 벌 내 다섯 손가락

내 두짝 가슴 위해 빈다 보이지 않는 초록 벌 날 헤집어

발가벗은 별 초록 벌 나를 입어 귓가를 맴돌아 나를 웃돌아
빗물이 지붕 위로 미끄러져 내린다 온 세상 초록 벌 온 세
상 개울가

깡통을 찌그러뜨리고 나 가네 싸리비를 들고 머리채 뽑아
들고 가네
리어카를 끌고 내 할머니가 쪼그리고 앉아 기다리는 곳
으로

화살촉에 꿀을 묻혀 쏘아대네 폭발 없이 기약 없이 초록 벌
고개를 가로젓네 그만두기 떠오르기 때려치우기 쓸어 담기

지도 위 초록 벌 뜸을 들이네 빗금 사이로
초록 벌 주저 말고 날 말아 먹어 어서 꿀떡 날 삼켜 받들어

길은 반복된다 청설모가 나무를 타고 오른다 벌레 우는
소리 들린다

길 없음 표시 나뭇가지에 손수건이 매달려 있다 돌부리가
튀어나와 있다

　초록 벌 내 아버지를 살리고 초록 벌 내 욕망 위로 드리워
　모가지를 도려내 국가를 일으켜 내 어머니 초록 벌
　　회초리를 휘둘러 넝쿨을 넘어 나 초록 벌이 펼쳐놓은 주
단을 고르네

　초록 벌 나보다도 여러번 고즈넉이 저물어 마음을 놓아
돌아가 초록 벌
　　나를 새치기하고 내 마음 끝내줘 돌산 위를 구르고 사랑
없음 용서 없음
　　초록 벌 질주해 초록 벌 헤매어 나보다도 커다랗게 초록 벌
　　질문을 던져 꿈 없는 평화 초록 벌 죽든 살든 초록 벌

녹취

입안의 성체를 녹이며

―새가 정말 있다고 믿니?
(빵 먹다가 신발 끈 풀렸잖아)

촛불이 일렁인다
아이는 기도하는 신도들 사이에 웅크리고 앉아 있다
구유 속에서 모조 인형의 뺨이 조명을 받아 반짝인다

―똥꼬!
(살아 있다는 증거)

별을 따라 마구간으로 찾아갔다는 동방박사들
아기의 울음을 박살 내 별 대신 흩뿌려놓은 신자들

― 모두 죽게 하소서
(기도하지 않아도 거두어 가겠지)

몰래 밀떡을 훔쳐 냉동실에 넣어둔 이단자도 있었다
축성되지 않은 밀떡은
유통기한이 임박해간다

──꽃을 신이 빚었다고 생각하니?
(봉숭아 물 빠지기 전에 첫눈이 와야 할 텐데)

고양이 한마리가 성가대 반주자의 무릎에 누워 잠이 든다
고양이의 꼬여 있는 잠을 풀어내려는 사람은 누구?

──이보다 더 끔찍한 치욕을 주세요
(썩지 않는 지옥을 주세요)

거렁뱅이 한명이 동방박사의 뒤를 밟아
신의 탄생을 훔쳐봤다는 소문을 들은 적 있다
동방박사의 목을 치고 날치기를 했다는 뒷얘기를 쓴 적이
있다

──지금까지 보지 못한 더한 구렁텅이를 주세요
(아무도 너를 신경 쓰지 않는단다)

구유에는 수많은 꽃 대가리가 달려 있어

수술은 고요하고 촛불은 일렁인다

새 대가리 사람 대가리
미래를 기다리는 대가리

　──이 빵에선 아무 맛도 나질 않는걸
（난 썩어버린 노래가 좋은걸）

아이가 허리를 꼿꼿이 편다
아이가 입을 뗄 때
사람들은 모두 아이를 쳐다본다
아이가 내뱉은 첫마디를 나누어 먹는다

　──미운 사람을 끝까지 미워하게 해주세요
（신의 주머니에는 얼마나 많은 기도가 있는 거야）

돌멩이의 교리를 들어본 적 있다면
일렁이는 촛불 따위를 바라보는 사람이나
스테인드글라스에 마음이 빼앗겨버린 어린아이

성가가 그치지 않고

— 얘야, 이제 그만 일어서서 눈을 감고 신부님의 강론을
들으렴
(네 이름은 태어날 때부터 결정되어 있었어)

— 저도 그 정도는 알아요
(이 슬픔이 성가시다)

여자의 머리에 씌워진 미사포는 누렇게 바래 있다
사제복은 제단 위에 질질 끌린다

— 사랑으로
(사랑으로)

— 너는 정말 밝은 미소를 가졌단다
(정말이지 해사하게 죽어볼 수 있을 텐데)

— 꿀맛 같은 아름다움

(잠겨 죽어가는)

──사랑한다면?
(병이 들 텐데?)

──나도 정말 크게 울 수 있는데요
(손발이 쪼그라들 텐데?)

강론이 끝날 때까지 기도 손을 하고 있어야 하는 복사들
파리 한마리가 날아와
정수리 위에 앉더라도
꼼짝 않고 입을 다물고

──고모는 내가 애를 잘 낳게 생겼다고 했어
(걷는 폼만 봐도 딱 알 수 있다고 했지)

──내 죄는 너무 작고
(그보다도 더 작은 기쁨들이 쌓여서)
(목을 조르는 감미로운 멜로디)

──기쁘다
(기쁘다면)

부모는 가자, 하고 아이는 운다
대성당에 울려 퍼지는 성가와 아이의 울음소리

──내가 먹은 게 당신 죽음만은 아닐걸
(당신 죽음이 가져온 게 평화만은 아니듯이)

옆 사람과 악수를 하십시오
손이 너무 축축해서

──정말 무사합니까?
(더 많이 봉헌하십시오)

복사복의 흰 천이 생리혈로 물들어간다

──더 깊은 시작을

(더 야트막한 축복을)

spoonring

눈은 작정한 듯이 퍼부어대고
흰빛은 어둠의 정곡을 찌르며 쏟아지고

묘비들은 어둠 속에서
곤히 잠이 든다

눈이 내보인 길고 흰 목덜미를 본 적이 있다면
눈이 입을 떼는 순간
깨질 듯한 탄식을 들어본 적 있다면

당신 사랑에 대고 돌진하세요
밤이 연마한 복화술에 대답하세요

나아가고 있다는 느낌
그뿐이라 할지라도

당신이 가진 귀하고 값진 모든 것들
아무리 환하게 빛난다 할지라도

하나뿐인 그림자가 만들어내는
밤을 본 적은 없을 테니

눈이 내리고 녹기를 반복해
녹은 눈 위에 다시 눈이 내려 쌓이고

아이들은 커튼을 뜯어 몸에 두르고
맨발로 잠 위를 뛰어다닌다

죽은 이가 찾아와 문을 두드릴 때
발목까지 쌓인 눈 위를 걸을 때

입 맞추세요
손가락에 끼워 넣고 맹세하세요

훔쳐 온
당신 야생을

실패 놀이

말만 해요 코 깨버릴라니까

이거 주먹 보여요?
굳은살
이거 완전
무자비
알죠?

두 사람이 마주 보고 선다
두 사람 사이에는 파란색 풍선 하나가 끼여 있다
두 사람은 있는 힘을 다해
꽉 껴안는다
몸과 몸 사이에서

풍선이
울렁울렁
알죠?

치를 떨며

나 당신의
미쳐버린
끝자락이 되어버릴라니까

모닥불을 피워두고
양말을 널어 말렸다

변방이 좋아서
불 주위로 모여드는 다짐 있다 아니에요?
다리 많이 달린,
한번의 날갯짓만으로도
지린내를 풀풀 풍기는
그 벌레들

내가 싹 다 잡아먹어버릴라니까
걱정 말고
내 위로
완전히
당신을

고꾸라뜨려요

비겁한 당신을
나약한 당신을
벗어나고 싶은 당신을
짜개지고 있는 당신을
잿가루만 남아서
홀로인

당신,
주먹만 한 무덤
쌀 한톨만 한 어둠을 드려요

정확하게
나는 나를 모르고
분명하게
나는 당신을 안아요

터지기 일보 직전에

몸이 너울거리는 그 순간을 기억해요
그리고 처음으로 가요
다시 시작해요

기절초풍
방금 방심했죠?

당신을 향해서
축복을 쏠게요

까치발을 든다
찬 공기는 아래로
뜨거운 공기는 위로
흩어진다

공기가 사람을 불사른다는 거
터뜨리기
흔들기
흔들어 제치기

넘고 싶어요

당신

넘을 수 없는 벽,

그것으로 남아주세요

폭설

사탕이 목구멍으로 넘어간다
따뜻한 물을 조금씩 삼킨다

골목에 발걸음 소리를 삼키는
길고 흰 목이 있어

외풍이 든다
눈이 쌓이는 동안
우리는 반죽을 재운다
부풀어간다

젖은 수건을 짜내면
흰 손, 흰 뺨

문고리가 나를 돌린다

환해졌다 어두워지며
눈을 깜박인다
연기가 피어오른다

경유

눈이 엉엉 온다

교차로에서
엉덩방아 찧고

유령을 빌려 말하기에는
슈고 슈아도
몸은 너무 푸르다

조금 날아가고도
몸은 그치질 않고 내려

한참을 녹고 나서도
쌓여 있으므로

쉬엄쉬엄
울고

여기 있음

믿지 않고도

얼굴을 여닫으며
사람들이 들어왔다가 나갈 때
머릿속에서
문이 꽝꽝 닫히고
마구 열리고

구겨졌다고 말하기에는
돌은
너무 많은 모서리를 끌어안은 채
둥글다

나는 간신히 네게 꽃 한자루를 건네고
숨을 참는다

나는 네가 밉다

마른 잎을 뜯어 먹는 소리를 내며

한 사람이 골목을 빠져나간다

지붕 위로 연기가 날아간다
너는 아무렇지 않아 보인다

뺨
위로
흰 이불을 털어 넌다

일조량

귤 농장 바닥에 거울이 깔려 있다
거울에 반사된 빛을 받으며
귤이 자란다

거울 속
초록 잎 위로 기어가는 개미가

세계를 받아쓰는 중이라고 말해도 될까

귤을 쪼개서 쥐고 있으면
아주 어린 아이의 손가락을 쥐고 있는 것 같아

누구도
전화를 받지 않는 날에

귤을 쥐고
얼굴 따갑도록 걷는다

얇은 껍질 속에서

주먹 가위 보
주먹 가위 보

어떤 날은 귤을 이기기도 하고
어떤 날은 귤에게 지기도 하며

손끝이 노랗게 물들어가는 동안

얼굴을 찌푸리고
너무 시다 하면서

밤낮없이
거울에 반사된 빛을 쬐며
너무 밝다 하면서

바닥에 깔린 거울 속에 주렁주렁 매달린 귤이
익어간다

자 이제 그만 지나가세요

오늘은
반성하지 말아야지

크게 울고
길게 누워

오래
미워해야지

퉁퉁 부은 빰을 문지르며
귤이 굴러갈 때

배꼽 잡고 웃으며

공통감각

과천역에 내렸다 우리 서울대공원에 가려고 한 거다
동물원은 닫혀 있었다

철창 위로 올라가면
어둠 속에서 빛이 떠오르는 걸 볼 수 있었다
그것이 짐승의 눈인지
깨진 알인지 한참을 바라보았다

철창 밖의 동물원, 슬픔도 없는 식물원

우리를 열면 슬금슬금 기어나오는
사랑이라는 말을

다른 언어로 말해보려고 했다
나 다른 게 될 수 있을까

 밀알 하나가 굴러와, 구린내를 풍기며 굴러와, 나를 가로
질러 굴러와

나는 내가 아닌 누군가를 위해 태어난 것 같아
우리 모두 비슷한 줄무늬를 가지고 있었다
하나가 울면 다른 하나가 따라 울고

사방에서 울음소리가 섞여 들렸다
깃털이 날렸다
아름답다고 말하고 나면 사라지는
내 옷깃을 잡아당겼다 언제나 네 손가락은 축축하고

약속이니까
잘 하자 꼭 하자

같아 보이는 웃음이어도
몇번이고
다르게 말해볼 수 있는 뒷모습이었다

친구가 될 수 있을까 우리 친구가 되자
그렇게 말하는 순간 친구 할 수 없게 되니까

첫차를 기다리며
땀을 흘렸다
커다랗게 입을 벌렸다 다다르려면 아직 한참 남았다고
했다

완주

햇볕 아래에서 눈사람이 순한 죽음을 누릴 때
강이 잉어의 비늘 조각을 수집할 때
자기를 넘어뜨린 돌부리에게서 아이가 장난기를 배울 때

종이가 글씨를 퉤 뱉어낸다

곡괭이로 이마를 찍어 내리듯
별이 빛난다

무사함 속에 짓눌려 서서히 질식해갈 때
꽃잎이 빛에 저항하며 넝쿨을 키워가고
송두리째 향기의 바깥까지 저벅저벅 걸어나간다

폭우가 쏟아졌다
빗방울이 만드는 여름의 절취선을 따라
내 마음과 내 마음 아닌 것
북 찢어놓았다

멍든 자두를 씻는 네 뒷모습을

한입 베어 먹고 싶었다

무른 것
무르고 터진 것
그걸 먼저 골라 먹는 너에게

햇볕을 분류하는 분류학자가 되어
커다란 주머니를 가진 여름을 꿔다줄게
자두보다 빨간 일요일을 선물해줄게
응원보다 가까운 실패가 될게

기다란 미움은 기다란 용서끼리
짤따란 미움은 짤따란 용서끼리
짝이 있었다

어제 먹은 밥을
오늘도 지어 먹는다

배불리 슬퍼하고

게을리 원망하기를

더디 오는 저녁이
너는 좋다고 했다

손톱을 하나씩 뽑아내고 있는 달빛 위로
깃발이 휘날릴 때
사랑한 기억보다 오래 누워 운다

나보다 오래 살아남아
지껄이기를 멈추지 않는 입술
승리한다

제 5 부

크게 울고 크게 웃게 해주세요

생시와 날일

생시와 날일

공산성 외곽은 성벽으로 둘러싸여 있다. 사람들은 양산을
쓰고 둘레길을 걷는다. 검은 우산을 쓰고 사람들을 따라 올
라간다. 커다란 돌들 사이에 작은 돌들이 끼워져 있다. 돌담
을 따라 올라가자 성문이 가까워온다. 계단을 지나쳐 오르
막길 쪽으로 올라간다. 숲길 앞에 멈추어 서서 팻말의 설명
을 읽는다. 어느 시대에 어떤 왕이 이곳으로 피신을 왔고, 그
때 권력 다툼이 어떠했는지를. 버섯 채취 금지. 현수막을 물
끄러미 올려다보았다. 풀숲에 웅크리고 앉아 몰래 버섯을
채취하고 있는 사람의 등을 떠올리며 핸드폰으로 그 팻말을
찍었다.

뾰족한 수

여덟살에 왕이 된 아이에 대한 이야기. 왕비는 아들을 낳
게 해달라고 빌었다고 했다. 그 염원을 듣고 땅과 하늘을 오
가는 스님이 아들을 점지해주었다고. 그렇게 태어난 아이는

178

수를 잘 놓고 궁녀들과 잘 어울리는 사내애였다고 했다.

혜공왕의 엄마에 대해 생각했다. 자신이 왕이 될 수도, 자신의 딸을 왕으로 키울 수도 없었으니까 아들을 낳아서 그 아들이 왕이 되는 것을 바라는 것이 최선이었겠지. 혜공왕의 최선. 혜공왕이 수놓던 색실의 최선. 바늘의 최선. 바늘을 밑으로 찔러 넣었다가 앞뒤를 가늠하여 다시 바늘을 빼내는 일. 수놓인 실과 잡아당기는 실이 엉켜 들뜨지 않도록 손가락으로 누르는 일. 쪽가위의 최선. 실을 잡아당겨 허공으로 쭉 뻗어내는 팔을 생각했다.

문득

어떤 처세에 대해서. 사과 하나를 깎아서 사람들과 나누어 먹을 때. 서로의 입에서 한장씩 책장 넘어가는 소리가 들릴 때. 그 소리를 모른 척해줄 때. 날벌레 한마리가 날아다녔다. 사람들은 사과를 먹던 손으로 허공에 손뼉을 쳤다. 굴러가는 공을 잡듯 허공을 휘저었다. 분명 놓쳤다고 생각했는

179

데. 손을 펴보았을 때 손바닥에 작은 날벌레가 붙어 있었다. 손아귀를 빠져나가 주춤거리는 날갯짓으로 날벌레가 다시 날아갔다. 아무도 그 벌레에 손을 뻗치지 않았다.

일각

누가 나에게 응원한다고 하면 마음 한구석에 작고 단단한 체념이 자리 잡았다. 포기를 선택할 수 있게 되었다. 그 선택 뒤에 따르는 책임과 책망이 내가 다른 사람들과 다르지 않다는 걸 알게 해주었다.

고루한 사랑이나 첨단의 사랑이나
완급이 있었다.
어느 날은 치약만큼, 어느 날은 다락만큼 울었다.

헤아림. 그늘진 얼굴의 이면에서 저 사람이 보냈을 하루를 상상하는 것이 기만이 될 수 있다는 걸 명심하려고 했다. 그럼에도 어떤 날에는 누군가가 나에게 말을 걸어주었으면

좋겠다고 생각했다.

지켜야 할 것들이 있을 테니까.
진심에는 품이 많이 드니까.

무리 속에서 고개를 떨구고 있는 사람에게 말을 걸지 않으려고 노력했다. 그 사람에게 무슨 일이 있었는지, 함부로 궁금해하지 않으려고 애를 썼다. 내가 악수를 하고 싶은 손은 그 사람의 손이 아니라 내 손일 테지. 그런 위선과 망설임에 둘러싸여서 나와는 끝내 화해하고 싶지 않았다. 갈증이 났다.

대화가 하고 싶다.
이 병뚜껑에는 마개가 없다.

사람에게도 횡단보도가 있다. 다른 사람들이 건널 수 있게끔 만들어놓은 길. 건너갈 수도, 건너올 수도 있게 터놓은 길. 빨간불이 켜지면 기다리고 초록불로 바뀌면 건너면 되었다. 그게 없는 것처럼 보이는 사람이 있다. 멀끔하게 웃고 있는 사람. 더이상 무엇도 믿지 않기로 작정한 것처럼 모든 것에 호의를 베푸는 사람. 그 사람 눈 위로 멈추지 않고 차가 쌩쌩 지나다니는 것 같았다. 아무렇지도 않아 보였다. 그렇게 보이려고 모든 힘을 소진하고 있는 것 같았다.

연습

아주 단순한 응원. 배가 고픈 사람에게 먹을 것을 건네는 작은 호의나 길을 묻는 사람에게 하는 손짓과 같은. 말을 걸고 싶은 사람에게 사탕이나 젤리를 건넸다. 달고 말랑말랑한 것을 입안에 굴리고 있자면 내가 공중에 나 있는 혹인 것만 같았다. 아버지의 등에 매달려 있던 혹을 베어내던 날.

혹도 만지면 아파? 혹도 살이야? 말랑거리는 살덩어리, 젖꼭지 같기도 하고 아기의 혀 같기도 한 혹. 거기에도 신경이 뻗쳐 있어? 딸년, 딸년이라는 말에도 신경이 뻗쳐 있어? 나는 돌아누워 잠든 아버지의 등을 보면서 그 혹을 만진다. 내 손아귀만큼의 영혼. 그 영혼도 꼬집으면 아프다. 아버지가 일어나 내게 과도를 쥐여주고 이걸 베어라,라고 말한다. 새끼손가락 한 마디만 한 혹을 잡고 혹을 베어냈다. 혹은 금방 떨어질 것처럼 덜렁거렸는데, 간신히 붙어 있는 것 같았는데 피가 멎지를 않았다. 이불을 온통 적셨다.

내가 나를 걱정하고 나를 달랠 때도, 나를 위로할 때도 나는 나의 뺨을 내리치고 있었다. 내가 너를 얼마나 아끼는지 알겠니.

너는 네가 누구를 죽일 수 있는 사람이라고 생각해? 송곳니에 혀가 긁혔다. 볼 안쪽에 혀를 대고 있었다. 있잖아,라고 말을 걸 때 혀가 아렸다. 아린 혀로 송곳니를 계속 더듬고 있었다. 방문에 식칼이 꽂혔다. 내 손에 맺힌 건 아버지의 피도, 내 피도 아니었다. 언니가 칼을 뽑았다. 칼자국이 나 있는 그 방문을 열고 우리는 몇번의 명절을 나고, 당신이 밥을 먹고 일어선 상에서 내가 앉아 밥을 먹었다.

농담

  슬픔에 이름을 붙일 수 있게 해주세요. 발밑에서 터지는 은행이라고. 코가 잘못 꿰인 스웨터라고. 아이가 뱉어낸 양 칫물이라고. 바짝 깎은 손톱, 혓바늘, 송곳으로 구멍을 하나 더 뚫어놓은 벨트라고. 내가 겪어본 죽음만큼만 더 살게 해 주세요. 크게 울고 크게 웃게 해주세요.

자기본위

  사랑하는 사람의 짐을 같이 지어주는 것. 그것이 언니의 꿈이라고 했다. 그 말을 등지고 집을 나왔다. 내가 사랑하는 사람은 나여서. 엄마가 사랑하는 사람이 엄마이기를, 언니 가 돕고 싶은 사람이 언니이기를 바랐다. 자기를 도우면서. 자기를 내세우면서. 오로지 자신의 짐을 지고서 만나고 싶 었다.

  수조 밖으로 빠져나온 게의 집게발을 도로 집어넣는다.

한번도 나를 가져본 적 없는 것들이 나를 놓아주겠다고 한다.

집 나올 때 가져온 삼단 책장 후면에 곰팡이가 슬었다. 구청 홈페이지에 들어가 신고서를 작성했다. 책장을 끌다가 바닥에 흠집이 났다. 책장은 내 키를 훌쩍 넘었다. 어제는 화장실 앞까지, 오늘은 신발장 앞까지 옮겼다.

개명신청서

너 요즘도 시에서 엄마 죽이니?
응. 왜?
그래서 네 시가 좋아지면 난 좋다.

엄마, 아직도 잠자기 전에 기도해?
나는 아직 해.
나 잘 자라고 해.

덧

바위는 기울어져 있었다. 올라간 모퉁이에 앉았다. 덧난
것들. 덧난 손톱, 덧난 살갗, 덧난 이, 덧난 사람, 덧난 천사.
마음은 사람으로부터 덧난 모서리가 아닐까. 잘 빚어놓은
찰흙도 마르면서 결이 갈라지는 것처럼. 손가락에 물을 묻
혀서 갈라진 틈을 메꾸려고 하면 할수록 아귀가 벌어지고
이음매가 떨어지는 것처럼. 아무리 잘 빚어진 사람에게도
벌어진 틈이 있는 것 아닐까.

빚어놓고 보니 깨져 있더라. 그릇이나 찻잔이 되기를 바
랐는데. 불길 속에서 흙은 끝까지 우긴 것 아닐까. 굳어가면
서 나는 다르게 망가져볼 것이라고. 타인에게 어떤 소용도
쓸모도 되어주지 않을 것이라고.

숲 양쪽으로 나무들이 빽빽하게 서 있다. 하늘은 나뭇잎
에 가려 아주 조금 보였다. 저쪽으로 가야 벤치가 있어요. 숲
길 초입부터 거리를 두고 걸어오던 사람이 갈랫길 중 왼쪽

을 가리키며 말했다. 빨간 두건을 내리고 내게 물병을 건넨다. 나는 그 사람이 건넨 물을 받아 들고 물병에 맺힌 물기를 문질러보다가 다시 건넸다. 그 사람은 아이젠으로 땅을 몇 번 두드리다가 물병을 받아 들고 나를 지나쳐 갈랫길의 오른쪽으로 올라갔다. 상체를 조금 앞으로 숙인 채 아주 느린 걸음으로 땅을 디딘다. 땅에 파인 자국을 발끝으로 두드려보았다.

한마디

한마디의 치욕이. 피치 못할 치욕이. 억세게 비가 오고. 따사로운 치욕이. 유실된 채로도 끊이지 않는 치욕이. 솟아나는 치욕이. 내 편에 선 치욕이. 배냇니만 한 치욕이. 그치지 않고. 명치를 치고 지나가는 치욕이. 이토록 사랑스러운 치욕이. 구렁텅이. 내 사랑 치욕이. 날 무너뜨린 치욕이. 감미로워. 그칠 줄 모르는 치욕이. 팔을 벌려 나무를 끌어안는 치욕이. 입가에 감도는 치욕이. 솟구치는 치욕이. 나를 돕는 치욕이.

소급

벤치에 앉아 개를 산책시키는 사람들을 보았다. 서로 사진을 찍어주고 그 사진을 보며 웃고, 음료를 나누어 마시고 있었다. 저 사람들 매일 아침에 일어나 양치를 하겠지. 끼니 때가 되면 밥을 지어 먹겠지. 손톱을 깎고 나면 여기저기 튄 손톱들을 주워 모아 휴지에 감싸 버리겠지. 서로 안부를 묻겠지. 혹은 그렇지 않겠지.

나무의 송진을 문질러본다. 비린내가 난다. 청설모가 둔덕 아래에서 잠시 멈춰 이쪽을 보다가 달아난다. 공산성의 끝 벤치에 앉아 아래를 내려다본다. 가장 높은 건물은 타이어 공장. 도로를 끼고 노란 간판이 보인다.

머리 깎이지 않고도. 숟가락을 뺏기지 않고도. 분해서 밥상을 엎지 않고도. 허벅지를 꼬집히지 않고도. 피 흘리지 않고도. 속죄하지 않고도. 양보하지 않고도. 배려하지 않고도. 고백하지 않고도. 눈길을 끌지 않고도. 수줍어하지 않고도.

유혹하지 않고도. 웃지 않고도.

돌멩이가 박혀 있다. 흙에 몸을 꽂고 반은 어둠 속에, 반은 빛 속에 있다. 돌멩이가 몸을 묻고 있는 흙 속이 밝다. 빗물이 땅속에 스밀 때, 돌멩이는 산속에 모로 박혀 어금니가 된다. 이를 꽉 깨물고 지나가는 사람의 발을 건다.

슬픔

아주 쌩쌩해. 나 엄청 팔팔하다고!

극기

아무리 양치를 해도 입에서 풍기는 악취가 가시지 않았다. 속에서부터 냄새가 올라오는 것 같았다. 숨을 쉴 때마다 역겨웠다.

아무것도 말하지 못했다. 사랑이라고 믿어온 것들로부터 나를 소외한 적이 있다고. 사랑이 나를 때리듯 내가 나를 때리는 나날의 연속이었다고. 잘못되었다는 느낌. 나는 내내 쪽창으로만 나 자신을 쓰다듬을 수 있을 거라고 되뇐 적 있다고. 겉만 멀끔한 채로 웃고 있다고. 부정. 내 마음이 아닌 채로, 내 얼굴이 아닌 채로 사람들을 만난다고. 만나서 밥을 먹고 안부를 전하고 작고 사소한 비밀들을 나누면서 사람들과 가까워지는 만큼 나 자신과는 멀어진다고. 한 바닥의 고립. 한움큼의 명랑함. 당신도 쌀과 조를 한알씩 구분하듯 매 순간을 무마하고 있느냐고.

일그러진 최선. 일그러진 채로도 아침에 일어나고 밤에 눈을 감는 최선. 하루에 십오분은 자리에 앉아서 소리 내어 책을 읽고, 삼십분씩 햇볕을 쬐며 빠르게 걷고, 플라스틱 용기에 묻은 국물 자국을 씻어 분리수거를 했다. 집에 있는 눈썹 칼을 치웠다. 종이에 손이 베였다. 손을 들고 손바닥을 앞뒤로 흔들었다. 조카가 와서 같이 손바닥을 흔들었다. 반짝 반짝. 포기하고 나서야, 도망치고 나서야 마주 보고 울었다. 아주 큰 소리로.

충분의 얼굴

홍성희

책장

"그것으로 충분하다고 생각하시나요?"*

이렇게 빗대어 시작할 수 있을까. 움베르트 에코의 소설 『장미의 이름』에서 수련 수사 아드소와 그의 스승 수도사 윌리엄은 '일각수'에 관하여 이야기를 나눈다. 거대한 장서관 안에서 스승과 함께 범인의 흔적을 쫓던 아드소는 일각수에 관한 책이 허구적 이야기를 모아둔 서가에 비치되어 있는 것을 보고 스승에게 그 이유를 묻는다. 아드소는 숲에 갈 때마다 일각수를 마주칠지 모른다는 기대를 품을 만

* 움베르트 에코 『장미의 이름』, 이윤기 옮김, 열린책들 2006, 572면.

큼 그것이 실재한다고 믿어왔기 때문이다. 윌리엄은 일각수
란 이야기에 이야기가 덧대어지며 만들어진 하나의 언어 조
각이며, 그 말이 의미하는 대상은 하나의 존재로 실재하기
보다 이야기가 만들어진 배경마다 각기 다른 형체를 가지고
있거나 실제로 목격된 바 없이 상상된 형태로만 공유되고
있을 것이라고 설명한다. 그리고 실체나 형체가 없더라도
언어는 사람들에게 그것이 정말로 있다는 믿음을 심어주며,
그때 언어는 신학적 미덕을 수행하게 된다고 덧붙인다.

그러한 미덕의 언어로 가득한 장서관 안에서 정말 중요한
것은 '일각수'라는 언어가 진실을 가리키느냐 아니냐가 아
니라, 그 언어를 중심으로 만들어진 믿음의 흔적을 들여다
보면서 일각수라는 언어와 상상적 동물의 이미지를 믿는 방
식으로 사람들이 정말로 믿고자 하는 것이 무엇인지 파악하
는 일이라고 윌리엄은 말한다. 무언가를 믿게 하는 언어가
만들어지는 이유는 무엇인가. 언어의 배면에는 어떤 욕망이
자리하고 있는가. "그것으로 충분하다고 생각하시나요?" 아
드소가 윌리엄에게 묻는 것은 이때이다. 믿도록 주어진 것
을 그저 믿는 것이 아니라 그 믿음의 원리를 아는 것, '이러
한 믿음은 기실 이것이다'라고 정리할 수 있는 것, 그렇게 믿
음의 언어 바깥에서 그것을 들여다보는 것으로 '충분하다'
고 생각하느냐는 짧은 물음. 두 사람의 대화에서 정말 중요
한 것은 이 물음이 던져지는 자리에 있다.

입술을 뜨으면서 사전을 뒤졌다
친구라는 말을 찾기까지 아주 오래 걸렸다

친구라고 부르면
팔짱을 낄 수 있고
내리는 비를 보면서 비보다 더 오래 울 수도 있고

—「붉은 거인」 부분

여세실의 시에는 여러 종류의 책이 있다. '친구'라는 단어를 찾기 위해 뒤지는 "사전"(「붉은 거인」), 쓰름매미 사진이 실려 있는 "곤충도감"(「가속」), 이름을 바꾸려고 뒤지는 "명리학 책"(「면역」), 아이와 함께 펼쳐보는 "식물도감"(「채집」) 등 무엇을 알기 위해, 혹은 새로운 단어나 의미를 얻기 위해 시 속의 '나'들은 책을 펼치고, 때로는 "도서관의 장서 사이를 거닐면서 일렬로 서 있는 책들을 만져본다"(「꿈에 그리던」).

그럴 때 여세실의 시 세계에서 책은 그저 사물이거나 필요한 정보를 찾을 수 있는 유용한 참고 대상이 아니라 그것을 읽는 사람에게 이미지와 언어를, 그것들이 한권의 책으로 체계화된 방식을 정답처럼 심어주는 일종의 학습 체계이다. 시인은 사람들의 말소리를 "한장씩 책장 넘어가는 소리"로 듣고, 언어를 주고받으며 살아가는 일을 "그 소리를 모른 척해"주는 "어떤 처세"(「생시와 날일」)로 본다. 책에서 책으로 이어지는 처세법을 오랜 시간 익혀오고 활용해온 사람으로서 시인은, 그리고 그의 시 속의 '나'들은 책이 심어준 언어들을, 자신이 자신의 것으로 가지고 있다 믿어왔던 언어들을 더는 믿을 수 없게 된 어느 시점에 처한 채로 무수한 시-언어들을 만들어낸다. 세계와 자신을 이루고 있는 언어들의 복판에 서서 그들의 시-언어는 언어들이 어떻게 만들어져왔는지, 어떤 방식으로 세계를 이루어왔는지, 그 속에서 어떤 관성이 지켜져왔으며 그 태도를 '나'와 '너'는 어떻게 익혀왔는지, 그 영향력 안에서 '우리'가 어떤 믿음을 움켜쥐어왔는지를 켜켜이 살핀다. 언어를 의심 없이 믿어왔던 시간들을 정확하게 기억하려는 고통스러운 시간 속에서 때때로 책들이 꽂혀 있던 "삼단 책장 후면"에는 "곰팡이가 슬"(「생시와 낮일」)고, 책에는 "커피가 쏟아져 종이가 젖어"(「꿈에 그리던」)간다. 그런 식으로 책이 '오염'될 때 시 속의 '나'들은 버리기 위해 "어제는 화장실 앞까지, 오늘은 신발장 앞까지"(「생시와 낮일」) 크고 무거운 책장을 매일 조금씩 옮기고 "주체할 수 없는 기쁨을 느껴버"(「꿈에 그리던」)리면서 어쩌면 묻고 있다. 그것으로 충분하다고 생각하시나요? 여세실의 시가 가지는 힘은 그 물음을 스스로 묻고 마주해가는 방식에 놓여 있다.

양봉

배우가 발을 구르면 사람들은 박수를 쳤다
그것은 연극이 시작하기 전에 미리 약속된 것이었고
—「기립」 부분

기억의 방식으로 소급하여 돌아볼 때, "곤충도감을 읽고
또 읽"(「가속」)으면 그 안에는 "처음 발견한 바이러스에/자
신의 이름을 붙여준 학자"(「꼬리 중심」)들이 벌레만큼 가득
하고, "식물도감을 펼쳐보"면 "먹을 수 있는 것과 없는 것으
로/식물을 구분하는 사람들"(「채집」)이 웅성거리고 있다. 그
런 세계에서 언어는 그 자체로, 이름을 붙이는 방식으로 세
계를 인지 가능한 것, 분류 가능한 패턴, 그로써 통제 가능한
대상으로 만드는 '도감'이다. 그 사전식 체계 안에서 언어는
미지의 대상에 자신의 이름을 인장처럼 붙일 만큼 이름의
권력을 알고 또 그것을 가지고 있는 사람들의 욕망이 노골
적으로 자기 힘을 과시하는 도구이기도 하다. 여세실의 시
에서 그렇게 만들어져온 언어를 "라디오에서 나오는 말들
을 공책에 받아쓰"(「가속」)듯 익히고 써온 시간이란 '사과'
라는 단어를 가지고 있으면 "사과를 그리지 않아도/머릿속
에 사과 농장을 만들어"(「붉은 거인」)낼 수 있다고 말하는 사
람들에게서 배타적으로 규정하고 영향력을 부풀려 휘두르
는 언어의 힘을 교육받아온 시간이고, 그러한 힘을 가진 언

어를 신뢰하여 세계를 움켜쥘 수 있다고 믿어온 시간이기도 하다.

언어의 힘에 대한 믿음이 커질수록 언어를 익히는 자의 안에서 커지는 것은 그 자신의 언어가 마찬가지로 가지게 될 것으로 기대되는 고유한 힘에 대한 자기 믿음만은 아니다. 외려 더 비대해지는 것은 오랜 시간을 가로질러 구축되어온 언어의 체계가 언어를 학습하는 사람에게 행사하는 영향력이다. 여세실의 시에서 '나'는 사전에서 '친구'라는 말을 찾을 수 있어야 함께 무엇을 할 수 있고 없는지 결정할 수 있다고 믿듯(「붉은 거인」) 목록화된 언어들이 각각 허락하고 허락하지 않는 경계와 기준을 마땅한 것으로 따라왔으며, 그 정언적인 힘을 승인하고 인정해왔다는 것을 스스로 연루되어온 언어의 현실로 되돌아본다. 그것은 그에게 언어 앞에 순진무구한 "천사"(「가속」)가 되어온 시간과 다르지 않다. '천사'는 '나'의 기억 속에 있는 '아이'이고, 그가 살아온 '여자'이며, 거듭 이곳에 되불려오는 '여자아이', 배우고 익힌 언어 안에서 살아야 한다고 여겨왔던 '나' 자신이다. "무릎을 꿇으라고 하면 무릎을 꿇고, 일어서라고 하면 일어서게 하는 힘이 언제 종을 치고 언제 종을 치지 말아야 할지를 결정"하는 곳에서 "성체를 모시고 무릎을 꿇고 앉아 누구보다 오래 기도"하던 '나'가 알게 되는 것은 순한 아이로서 "미사포를 쓴 나를 상상하면 기분이 좋아졌"던 내내 언어가 제공하는 "선택지 그 안에서 나는 나를 고르고 있었다"(「빗

델 수 없는 마음」)는 사실이다. 그것은 다른 말로, 선택지에 적
힌 언어 안에 들어맞기 위해 기도해온 매일이 "사랑이 나를
때리듯 내가 나를 때리는 나날의 연속이었다"(「생시와 날일」)
는 사실이기도 하다.

아무리 양치를 해도 입에서 풍기는 악취가 가시지 않았
다. 속에서부터 냄새가 올라오는 것 같았다. 숨을 쉴 때마
다 역겨웠다.

아무것도 말하지 못했다. 사랑이라고 믿어온 것들로부
터 나를 소외한 적이 있다고. 사랑이 나를 때리듯 내가 나
를 때리는 나날의 연속이었다고. 잘못되었다는 느낌. 나
는 내내 쪽창으로만 나 자신을 쓰다듬을 수 있을 거라고
되뇐 적 있다고. 겉만 멀끔한 채로 웃고 있다고. 부정. 내
마음이 아닌 채로, 내 얼굴이 아닌 채로 사람들을 만난다
고. 만나서 밥을 먹고 안부를 전하고 작고 사소한 비밀들
을 나누면서 사람들과 가까워지는 만큼 나 자신과는 멀어
진다고. 한 바닥의 고립. 한움큼의 명랑함. 당신도 쌀과 조
를 한알씩 구분하듯 매 순간을 무마하고 있느냐고.
　　　　　　　　　　　　　　　—「생시와 날일」 부분

여세실의 '나'가 자신의 뺨을 때릴 때 그 뺨에는 이런 언
어들이 맺혀 있다. "너는 늘 진지해서 귀여워/가끔 너무 예

민해서 탈이야"(「채집」), "박수 세번 쳐 꼿꼿하게 허리 펴 다
리 오므려"(「꼬리 중심」), "고모는 내가 애를 잘 낳게 생겼다
고 했어/(걷는 폼만 봐도 딱 알 수 있다고 했지)"(「녹취」),
"우리 가족 모두 행복하게 해주세요"(「정글짐」), "딸년"(「생
시와 날일」), "착하지, 우리 아가" "후레자식, 그래도 사랑해"
(「반려동공조각」). 정확하게 기억하려는 '나'의 노력 속에서
그런 언어들은 과거의 기억 속에 있지만, 그것을 정확하게
마주 보려는 '나'의 의지 속에서 그것들은 지금-여기에 여
전히 있다. 그 언어들의 복판에서 '나'는 자신에게 가해지던
폭력과 그 앞에서 언제나 잘못인 것만 같았던 부끄러움, "잘
못들을 뉘우치고 나면 무사해지는 것 같았"던 기분과 "무
너짐을 가로지르는 수치심"(「빗델 수 없는 마음」), 그리고 "내
가 할 수 있는 미움은/떨이 같았"(「덤」)던 마음까지를 정확
하게 바라보고 기억하기 위해 온 힘을 다한다. 그리고 모르
지 않게, 모른 척할 수 없게 된 것을 자신의 언어로 똑똑히
말하기 위해 믿었던 것이 다 "불타거나 물에 잠긴 세계"(「붉
은 거인」)의 간극을 견디며 재차 자기 뺨을 때린다. "손과 손
과 뺨 손과 뺨 손과 뺨 미안해 계속하고 싶어 여자인 채로 망
가뜨리고 싶어 기대를 부수고 싶어 무엇이든 간에 되고 싶
어 되고 나서는 그것으로부터 벗어나고 싶어"(「빗델 수 없는
마음」), 자신이 부숴야 할 것과 그로 인해 부서지게 될 것 사
이에서 이제는 예전의 그것일 수 없기에 무엇이든 되어야만
한다는, 그러나 무엇이 되는 것이 또다시 무엇이 되는 것일

지 모른다는 기억 같은 불안은 때리는 손과 맞는 뺨이 서로
다른 '나'의 것인 것처럼 '나'를 쪼갠다.

너는 네가 할 수 있는 일들 속에서
커다랗게 커다랗게
얼룩이 되어 번지다가
점차 자리를 잡고 무늬가 되어간다

얼굴 한 컵을 들이켜고 우리는 마주 보고 앉아
노래를 지어 부를 수 있고

저기 먼 나라의 카니발을 떠올리며 수건을 휘감고
춤을 추며 떠나볼 수 있어

눈을 감자

오늘은 조금 더 멀리 헤어져볼까
헤어졌다가 더 깊숙이 끌어안아볼까
이 헐렁한 재회를 빵 봉지로 고정해두고

　　　　　　　　　　　　　　　　　　　　—「생활」부분

　여세실의 시에서 '너'와 '나'가 같이 등장할 때, 둘은 함께
있지만 하나로 있지 않다. "너 띄고 나 띄고 그들 띄고 저들

띠고/사이를 찍어"(「꼬리 중심」)내는 가운데 '나'는 '너'와의 약속들을 어겨가는 것으로 내일의 시간을 다짐하고(「다음의 일」), '나'는 '너'를 미워하며(「경유」), '나'의 말에 '너'는 마지못해 '나'의 등을 두드린다(「패각」). 둘은 부러 마른 수건을 적셔 줄다리기하듯 수건 양쪽을 나눠 잡고 서로 반대 방향으로 돌려 짜기도 한다(「줄다리기」). 이때 "내 마음과 내 마음 아닌 것/북 찢어놓"(「완주」)은 것처럼 어쩌면 '나'와 '너'는 부수고 부서질 사이이거나 용서할 것이냐 싸워 이길 것이냐를 두고 팽팽히 맞설 사이(「출항」)인지도 모른다. 이런 찢어짐은 그 자체로 자기 뺨을 때리는 '나'의 고통을 생각하게 하기도 한다.

하지만 여세실의 시에서 '나'는 '너'와 함께 '우리'일 때 "노래를 지어 부를 수 있고" "춤을 추며 떠나볼 수 있"는 내일에 관해 말하게 된다. 그렇게 '나'의 곁에 '너'가 생기는 때 둘은 함께 침대를 옮기고(「생활」), 어느 사이 '나'는 혼자서 키를 훌쩍 넘는 책장을 매일 조금씩 옮기게 되기도 한다(「생시와 낮일」). 떠나는 방법으로서 매일 춤을 추거나 책장을 떠나보내는 일을 단번에 완료해버리지 않은 채로 매일 조금씩 나누어 하는 '우리'로서의 '나'의 시간은 그가 쉬이 벗어날 수 없는 고통에도 불구하고 지속해가는 매일의 살아있음 자체를 선명하게 시 속에, 현실 속에 새긴다. 이를테면 '나'가 '너'와의 약속들을 어겨가는 것으로 내일의 시간을 다짐하고, '나'가 '너'를 미워하며, '나'와 '너'가 수건 양쪽을 나

뉘 잡고 서로 반대 방향으로 돌려 짤 때, 그 일상의 순간들은 '나'와 '너'의 관계가 어떠한지만이 아니라 '나'가 '너'와 관계 맺는 방식으로 계속해서 살아 있으며 '너'와 함께 살아 있기 위해 부러 마른 수건을 적시기도 한다는 것을 돌아보게 한다. 그곳에 '나'와 '너'로 찢어진 고통은 늘상 깊숙이 새겨져 있지만, 자기 뺨을 때리는 고통이 그 살아 있음의 전부가 되지는 않는다.

"손과 손과 뺨 손과 뺨 손과 뺨 미안해 계속하고 싶어 여자인 채로 망가뜨리고 싶어 기대를 부수고 싶어 무엇이든 간에 되고 싶어 되고 나서는 그것으로부터 벗어나고 싶어", 자기 뺨을 거듭 때리며 토해내는 '나'의 말에는 "살고 싶다고 내 뺨을 수도 없이 후려쳤어"(「빗맬 수 없는 마음」)라는 문장이 있다. 이 문장에는 자기 뺨을 후려치는 시간이 그 자체로 '나'에게 살아 있는 시간으로 여겨지지 않는다는 사실이, 과거에도 지금도 자기 뺨을 때리는 방식으로 "거대하게 잡아 처넣는 안녕"(「개별」)을 견디고 있을 따름이라는 사실이 뭉툭하게 담겨 있다. 그렇다면 여세실의 시에서 정말 중요한 것은 '나'를 둘러싼 언어들을 정확하게 기억하고 마주하는 시간 다음에 '나'와 '너'가 찢어지고 분리된 채로 '우리'로서 관계를 맺고 이야기를 나누게 되는 자리에 놓여 있는 것이 아닐까. 언어 안에 스스로를 끼워 맞추며 '나'가 "나의 뺨을 내리치"(「생시와 날일」)던 시간이 무엇이 되어 무엇으로부터 벗어나야 하는지를 물으며 '나'가 자기 뺨을 때리는 시간으로 이어지는 '나'의 패턴에 대하여, 그것으로 충분하냐는 물음과 그것으로 충분하지 않다는 대답으로 함께 있는 것이 '나'와 '너'인 것은 아닐까.

그들이 '우리'로 있는 곳에서 여세실의 시는 "한쪽으로 기운 식탁 다리 밑에/휴지를 한겹 두겹 세겹 접어서/괴어놓고" "네가 퉤 뱉어놓은 양칫물의 둥근 테두리"를 골똘히 보며 "옆집에서 들려오는 세탁기 돌아가는 소리를 듣는"(「생활」) '생활'을 말한다. 그리고 "어제 먹은 밥을/오늘도 지어 먹는" 그런 생활 속에서 비로소 자기 손으로 자기 뺨을 때리게 하는 슬픔과 원망에 자신을 빼앗기는 대신 스스로를 매일 돌보면서 "배불리 슬퍼하고/게을리 원망하"(「완주」)는 일을 계속 이어가려 한다. 슬픔과 원망은 그곳에서도 지속되고, 때로 "내가 나를 때리는"(「휴일에 하는 용서」) 순간이 다시 찾아오기도 하지만, 자신을 둘러싼 것 사이에서 무엇이 되어야 한다는 강박 없이 "저것 위에서 이것을 가지고 그것을 만들어내며" 비로소 "살아 있다"(「꼬리 중심」)고 말할 수 있는 곳도 어쩌면 바로 그곳이다.

밀랍으로 지어진
얼굴 속에서 하품을 하고 일어나
양봉을 했다

기지개를 한번 켜고

뒤집어진 고무장갑 속에서
꿀을 떴다

새벽에 큰비가 내려
개들이 짖고

용서하지 않겠다는
다짐이 흘러내려
서서히 굳어갈 때에도

이 다짐은
이곳에서 저곳으로
부지런히 나를 나르고
키워냈으므로

내가 나를 때리는 날 속에서
터진 입에 꿀을 바르는 날 속에서
채밀을 했다

꿀이 찼다
달았다

—「휴일에 하는 용서」 부분

시 속의 '나'가 벌집을 만들고 벌을 키워 꿀을 모으고 채밀을 하는 시간은 "내가 나를 때리"고 "터진 입에 꿀을 바르는 날"과 아주 다른 시간은 아니다. '나'를 단단하게 만들어온 "다짐"은 "이곳에서 저곳으로/부지런히 나를 나르고/키워냈"지만 자라난 '나'는 여전히 아이의 기억에 관해 말하고, 운동장에서 말하며, "내가 나를 때리는 날 속"에 있다. 그 반복 속에서 '나'가 애써 모으는 '꿀'이란 찢어진 입술에 바르는 임시방편의 약재로서, "내가 나를 때리"고 입술이 터지는 시간이 계속될 것만을 약속하는 것처럼 보이기도 한다.

하지만 시의 후반부에서 '나'를 꿀처럼 키워낸 벌 같은 다짐들이 날개가 젖어 꿀통에 빠져 죽을 때 '나'는 죽은 벌들의 날개가 "온종일 내 머리통 속에서/산란을 하고" "살으라고/등짝을 쳐"대는 걸 몸 안에서 일어나는 일처럼 느낀다. 이때 벌들이 '나'의 "머리통 속"에서 '나'에게 살라고 말하는 일은 어쩌면 "얼굴 속"에서 일어나 양봉을 하고 채밀을 하는 '나'가 동시에 벌이자 꿀통이 되어 스스로를 돌봄으로써 자기 힘으로 모으고 캐고 바른 밀랍으로 자기만의 세계를 처음부터 만들어가는 일, 그렇게 '나'가 자신의 뺨이 아니라 등짝을 치며 스스로를 일으켜 '사는' 일과 다르지 않을지도 모른다. 꿀을 모으는 벌의 생활이 벌을 돌보는 '나'의 생활이 되듯 '나'는 매일의 생활을 꾸리고 이어가는 자신을 매일 긍정하고 보살피는 자신이 되는 것으로 "햇빛을/갈기갈기/할퀴어놓”는 오래된 고통을 배부르게, 게으르게 상대해갈 살아 있음의 방법을 찾는 것은 아닐까. 내일도 “밀랍으로 지어진/얼굴 속에서 하품을 하고 일어나” 양봉을 하러 가면서 기지개를 켜면 ‘나’는 “저것 위에서 이것을 가지고 그것을 만들어내며” “살아 있다”고 느낄 수 있지 않을까. 그런 살아 있음 ‘속’에서 “무엇도 될 필요가 없이”, 다만 살아 있음의 시간으로 모아낸 꿀로 스스로 얼굴을 빚어 “내가 나에게로 언니는 언니에게로 치달아” 우리가 각자의 자기를 “일으켜”(「빗댈 수 없는 마음」)가기를 바라는 마음으로 말이다.

최선

*잘못들을 뉘우치고 나면 무사해지는 것 같았어 무사함을
끌어안고, 무사함을 무찌르며 나아가고 싶어졌어*

*그 뒤에 남는 무너짐, 무너짐을 가로지르는 수치심
그 위에 누워 잘 때*
　　　　　　　　　　　—「빗댈 수 없는 마음」 부분

　여세실의 시에서 “살아 있다”는 말이 발음될 때, 그 말은 책에서 읽어 익힌 것이나 사람들 사이의 관계에서 처세의 방법으로 얻어진 것으로서의 “무사함”과 같지 않다. 그런 무

사함이 언제나 스스로 '잘못'이 되기를, 그러므로 언제나 뉘우치기를, 그렇게 무사하지 않은 무사함을 학습하기를 강요하는 것이었다면, 여세실이 지금-여기에서 끝까지 붙잡고 말하고자 하는 '살아 있음'이란 '무사(無事)'라는 단어에서 '아무 탈이 없다'는 사전적 의미를 떼어내어 "무사함을 무찌르"고, 그 단어를 들고 우적우적 나아가 자신의 단어를 만들기 시작하는 지금-여기의 살아 '있음'일 것이다. 그 있음의 자리에서 "하루에 십오분은 자리에 앉아서 소리 내어 책을 읽"는 일은 "자신이 왕이 될 수도, 자신의 딸을 왕으로 키울 수도 없었으니까 아들을 낳아서 그 아들이 왕이 되는 것을 바라는 것이 최선이었"던 기억 같은 과거의 최선과는 다른, 부러 "일그러진 최선"(「생시와 날일」)을 만들어내려는 명쾌한 '소리 내기'의 일종일 것이다. 그것은 다른 말로 책이 보여주는, 언어가 허락하는 '처세'와는 다른 '최선'의 의미를, 그렇게 살아 있음의 더 나은 의미를 만들어가기 위한 것일 테다. "커피가 쏟아져 종이가 젖어"가는 것에서 "주체할 수 없는 기쁨을 느껴버"(「꿈에 그리던」)리면서 그다음을, 그다음의 '나'의 생을 묻는 방식으로 말이다.

여세실의 시는 "어떤 거룩한 신도 내 심장을 빼갤 수 없"(「당도」)다고 단호히 말하면서도 동시에 "나를 빚은 사람도 궁금할까/뭉개진 찰흙은 자신을 뭐라고 부르는지"(「묘미」)라는 물음 '속'에 머물러 있으며, 그럼에도 "여기 있음/믿지 않고도"(「경유」)라고 또박또박 적는다. 손쉽게 바깥을 말하지 않으면서, 바깥의 시선을 취하여 또다른 무사함의 감각에 만족해하지 않으면서, 여전한 세계의 한복판에서 스스로 언어를 만들어내면서 그의 시는 바깥이 되기를 계속해서 '실패'하는 방식으로 자신의 실패한 언어를 "그러모아 나아"(「빗댈 수 없는 마음」)갈 것이다. 그것으로 충분할 수 있느냐고, 어떤 선택이 정말 충분할 수 있겠느냐고 거듭 물으면서 말이다. 여세실의 시를 읽는 일은 그러므로 우리가 각자 무엇을 최선이라고, 충분하다고 여겨왔는지를 스스로에게 묻는 자리에서 시작되어야 할 것이다. 나는 왜 그것으로 충분하다고 믿는가. 오래된 충분의 얼굴을 마주 볼 채비는 그런 물음들 앞에서 시작될 것이다.

洪性嬉 | 문학평론가

가뿐하게
영원이라는 말을 지울 수 있었다

무탈하고 평온하여서
힘껏
절망할 수 있기를

현명하고 어진 사람들의 마음속에
그치지 않고 솟아나는
슬픔이 있기를

간절히
바랐다

2023년 3월
여세실